街は気まぐれ
ヘソまがり

TakehiRo
iroKaWa

色川武大

P+D
BOOKS
小学館

目次

やや暗《くら》のナイター競馬

お暑うござんす。

しかし、暑くて、嬉しくてしょうがない。私は夏は大好きで、その前の梅雨の頃はベッドにうずくまったきり、家人に口もきかなかったくせに、カラッと暑くなると、猛烈に食欲が出る。どうも私は夏痩せと縁がない。

過ぐる五月の末に、ギャンブル界から引退することにした。私もすでに五十七歳で、老残の身である。ばくち打ちは誰も彼も、四十の声を聞いたら足を洗おうと思い、口に出してもいい続けている。気力と反射神経が極め手である以上、打ち続ければ破滅あるのみと承知している。それで、四十でやめた者は、まず居ない。五十七で引退というのは、いうならば青葉城のようなもので、もう思い残すことはない。

ギャンブルにタッチしないと決めてみると、実に時間が豊かで、また懐中の銭も減らない。酒量も減ったし、女遊びもしないし、出銭といえば仕事場の周辺で冷しソバを喰うくらいだから、十日くらい前の一万円札が、まだポケットに折れ曲って入っていたりする。

風がそよぎ、鳥が唄う。空の蒼さも今さらのように眼にしみる。時間というものは、あたふたとさえしなければ、まことに贅沢に使えるものだ。

これで仕事をしないでいいのなら、実に健康な日々を送れるのだが。

かかるところへ漫画家の黒鉄ヒロシさんから電話があり、

「もしお閑《ひま》だったら、ナイター競馬に行きませんか」

「ははァ、なるほど」

「某出版社の肝入りでゴンドラ席がとれたので、皆でうわっと遊んで、それであとで反省会をやろうという――」

「面白そうだな」

「おいそがしいですか」

「いや、閑なんですがね」

「じゃ、涼みがてらでも――」

「ええ――」

「なんだか変だな。誰かそこに居るんですか」

「いや、行きますよ。喜んで」

「それじゃ後でまた――」

黒鉄さんはメフィストフェレスを髣髴《ほうふつ》とさせる小悪魔で、この人から電話がかかると、とたんに私は身体がしびれてしまう。ギャンブル界を引退はしたが、競馬場に行って悪いという法はない。行っても、馬券を買わなければ、良心に恥ずるところはないはずだ。しかも、本誌のこの小文がはじまるところで、取材のつもりで行ってこよう。

大井競馬場が客寄せのために、ナイター競馬を発案した。ギャンブルレース場はいずれもだが、特に地方競馬は売上げの落ちこみが烈しい。不景気が長いからね。不況、好況、不況と波があるときは、むしろ不況の方がギャンブルが栄えるのだが、目下は、どこかで好況に変る当てがない。四十年も続いた平和のおかげで、皆がじり貧になっていく。皆、それを承知しているから、暮しが守備型になる。

ウィークディの昼間、四ケ所も五ケ所も押し合いへし合いしてやっていて、高いテラ銭を払って、よく人が集まるものだと思う。今、公営レース場の一ケ所あたりの入場者が、東京近郊で、小一万人ぐらいであろう。それが大井のナイター競馬は、初日四万人、二日目三万人、と記録されている。まず成功の部類であろう。都心に近く、夏、物珍らしさ、という条件もあるが、会社の帰りにちょっと二、三鞍やれる、となると、ビアホール代りの利用客が増えるかもしれない。

「雨が降ってきたらどうするのかね」

「それより、停電が怖いよ。レース中に停電したらね」

「騎手が帽子にカンテラをつけて走ればいい」

「炭坑レースだな」

「やや重、じゃなくて、やや暗、という馬場状態があったりしてね」

人々は楽しそうに遊んでいる。けれども、涼しいのは指定席の客だけで、試みに階下に降りてみると、一般席はまためっぽうむし暑い。

「蚊が居るなァ、蚊が――」

「今に、この辺の蚊が、今夜は開催だってんで、大挙して集まってくるかもね」

黒鉄ヒロシ、画家の長友啓典、役者の小林薫、故夏目雅子の旦那伊集院静などが集まっている。

「おそかったですね」

「いや、ちょっとね、ビールを呑みに来たんだけど」

黒鉄さんなどは、自分の予想表をコピーして皆に配っている。

「それで、どうなの。当ってる」

「五鞍のうち、四つ当り。念力ですよ。今日の死目は4枠。死目まで当っちゃうんですから」

ビールを呑み終り、試みにその死目の4をからめて、ほんの少し、遠慮しながら買ってみると、4―7と来て、六千数百円の穴になった。これだから困る。引退したとなると、未練が残るように、ギャンブルの神さまがちょっと頭を撫でてくださるのだ。神さまの思惑ぐらい百も承知で、ふたたびあの地獄に戻る気はさらさらないけれど、掌の上の配当金がなんとなく落ちつかない。

黒鉄さんが、私が現われるや、ツキの風が変ったといって嘆いている。

「明かるいうちでなくちゃ駄目だ。昼競馬のデータで予想してるんだもの」

「ナイターやったら、馬の血圧を知りたいな」と長友さん。

「朝型、夜型ってあるでしょうが。血圧の低いのは夜に強いんだよ」

「じゃ、朝の調教で走らなかった奴を買えばいい。それが夜型なんだ」

「ややこしくなったな。しかし、馬ちゅう奴は、いったいどんな気で走っとるんやろ」

馬は、特別なことは考えていないだろう。スタンドの我々が特別な考えなしに来ているように。

「いいねえ、ナイター――」郵便局長みたいに固い顔つきのおっさんがいう。

「中央競馬なんかもういかない。遠いし、混むし。ナイターに限る」

でも、ゴンドラ席は昼前に売切れだそうだ。すると、ナイターのために一日潰して並ぶか、プレミアつきのヤミ切符に頼るか。

最終レースが終ってみると、掌の中にははずれ馬券だけがあり、トータルでマイナスになっている。まわりを見ても誰も儲けた者はないらしい。

「でも、楽しかった」

「よく遊んだね」

我々もそうだが、近頃の客の、なんと静々粛々としていることか。地面をまっ白に埋めたはずれ馬券。

「うわァ、この無駄使い――」

なるほど、結果的には恐ろしいほどの無駄使いだ。その中を黙々として、お勤めの帰りのように、皆いっせいに、帰る、帰る。

「さァ、反省会だ」

遊びに反省はつきもので、反省も遊びにしてしまおうというわけ。誰かがそこでのっけにいった。

「この企画の言いだしっぺは、誰なんだよ――!」

カルト映画

風呂に入り、飯を喰い、夜九時すぎに四谷の仕事場を出る。しかし、酒を呑みに行くわけじゃない。

ヤングの街、渋谷をぶらりッと歩いてみようというのである。

ところが、おどろいたことに道玄坂も公園通りも、飲食店以外の商店は閉め、人通りもまばらであった。私のようなオールド遊び人には信じられない。ヤングちゃんは、夏休みで朝からほっつき歩き夜は疲れてお休みなのだろうか。

日本人は夜遊びをしない。べつに夜遊びが自慢になるわけじゃないが、地方都市に旅しても、本当に夜が暗い。

たとえば、今、芝居を見に行こうとする。たいがい六時半頃開幕だから、会社が終ったら飯も喰わず、風呂にも入らずに、あたふたと劇場へ駈けつけるほかはない。大劇場で四時半か五時に夜の部がはじまるところがあるが、これは会社員など当てにしていない。閑な主婦たちが見るものであろう。

それで、おしまいが九時か九時半頃だろうか。それからまたあたふたと駅に行って、郊外まで帰るのだ。つまり、東京が広くなりすぎて、ベッドタウンが遠くなったせいで、どうしてもゆっくり夜遊びしていられない。

昔はそうじゃなかった。私の子供の頃は東京もまだ小地域社会で、映画でも寄席でも家の近くにあった。だから夕飯をすませて、浴衣に下駄ばきで、そういうところに出かける。寄席なんか十一時頃までやっていた。夜が長くて、豊かだった。

今だって、劇場の方は開幕をおそくしたいだろう。その方が大人の客をもっと呼べる。しかしそうすると、郊外の方のバスの時間に間に合わない。

東京がマンモス都市になって四方に伸び拡がった。人も増えた。人が増えたのは平和のおかげである。実にありがたいが、同時に、平和というものは、皆が同じようにいくらかずつ、不便になることでもある。

カルト映画というものをやっている。近頃、若者を対象とする深夜映画館が増えて、いずれも人気を博しているという。夜の十時頃から、主として芝居を打ち上げたあとのホールなどが使用される。

それでパルコ劇場に入ってみたが、ここも二十人ほどの若い人たちが、パラパラと客席に坐っているだけで、まことに寒々しい。

そりゃそうだよな。まだ皆十代のヤングたちだもの。その年頃で遊びに余裕が生まれるわけはない。そういえば、竹下通りを賑わしているヤングたちも、ほとんどは郊外か、地方在住の子女たちで、だから夜はお家に帰っちゃっているのだろう。

カルト、というのは、帰宅して英語の辞書をひいてみると、礼拝とか祭礼とかいう意味の他に、熱狂的な、という意味もあるようだ。つまり、熱狂的な少数に支えられる前衛的な映画というわけか。

しかしオジさんは駄目だなァ。どうも熱狂できない。

要するに、最悪の女の一生で、女子高の不良少女が強姦されて私生児を生み、家出してウエイトレス、ゴーゴーダンサー、モデル、売春婦、何をやっても落ちつかず、娘は薄弱児、しかしふとしたことからバーレスクのスターになり、あげくは大量殺人魔になってガス室に送られていく。

女主人公がまたデブの巨漢で、徹底的に下品で猥雑だ。演ずるディバインという人は両性者《ふたなり》らしく、強姦される女と、する男の二役を演《や》るというのも珍しい。パラパラのヤングたちは、それでもクスクスゲラゲラ、わりに楽しんでいるようだ。

私があまり楽しめないのは、こういう無茶苦茶を許容する底力が乏しくなったからで、これはもう年齢というほかはない。アメリカ人は頑健で、楽天的だから多分向うじゃもっと受けてるんだろう。

一言つけ足せば、宗教、即ち倫理の問題。これに縛られた社会が、たとえ娯楽にもせよ、倫理に戦闘的になる気持がわからないでもない。

けれども日本のヤングたちのクスクス笑いは、いったい何を笑っているのだろう。

そういえば、私の子供の頃も、これに近い映画があったことを思い出した。〝「フリークス」(邦題「怪物団」)〟という映画だった。

サーカス団の話で、空中ブランコの美女が小人と結婚するという。小人は有頂天だが、鳥女、結合体双生児、下半身のない男、髭女、頭と胴体だけの男、小頭症など見世物の人たちは、美女を信用しない。結婚式で、皆が廻し呑みをしたグラスを花嫁が最後に呑み干すという儀式を強制され、花嫁はとうとうグラスを叩き割ってしまう。

結局、美女は小人を毒殺し、小人の友人たちが、復讐のために美女を追いかけまわす、というような話だった。五体満足の女が逃げて、追いつけるわけはないのだが、追手の活躍が、グロテスクでおかしい。

たしか日本公開時はひどく不評判で、一週間の上映予定を三、四日に短縮したと思う。当今だったらもっと大変な騒ぎになっていたろう。

私が観たのは戦後になってから、十六ミリでだが、アメリカでもさすがに反対の声が強く、かなりカットして封切ったらしい。ところが、カットする前の完全版が現存するらしく、これは好事家の間でものすごい高値をつけられているという。

ヨーロッパもアメリカも、伝統的にハンデキャップドに対して残酷で、正面切って彼等の欠陥を見せてしまう。また、彼等も開き直って出演するところが凄い。

この映画の製作プランが発表されると出演申込が各地から山積みされたという。製作監督はトッド・ブラウニング。会社は大手のMGMである。彼はその前年に、ドラキュラをはじめて映画にしたがちょうど同じ年、フランケンシュタインが映画になって、話題がその方に傾いた。それで口惜しがって、本物を使って映画を作っちまったという。こういうところがいかにもアメリカ人らしい。

しかし彼はこの手の映画の鼻祖《びそ》となり、〝バスケットケース〟をはじめ、この系列のマイナー映画がたくさん製作された。

私の友人でこの手の映画に魅せられて収集している男がおり、彼の話によると神田の方に、その種のヴィデオの専門店があるという。

彼はヒマをみつけては、自分の家で、小さな息子を膝の上に抱いて、一緒に観るらしい。

「へええ、息子さんはなんていう?」

「黙って観てますよ」

「教育上、よくないだろう」

「だから、これは映画だけのことで、本当の話じゃないんだ、そういってきかせるんです」

そのくらいなら観せるな! そういいたいが、やっぱり私はもう老人なのかもしれない。

伊東の花火

ベンツで伊東へ行き、二泊して、ＢＭＷで帰ってきた。

どうも実に贅沢をしているようだけれど、車は友人たちのもので、私は便乗させて貰っているだけだから、これなら一文無しだって行って来られる。

が、しかし、お金を使わなくたって、贅沢は贅沢だ、といういいかたもある。敗戦の頃はリュックを背負って伊東に行き、蜜柑をいっぱい詰めこんで東京に戻り、街頭で売った覚えがあるのだから、あれを思うとたしかに贅沢だ。

もっとも私は、すぐに眠ってしまう持病があるので、車の運転というものをやらない。遠距

離を車に乗せて貰って行くことがあるが、運転する友人が疲れた気配なので、

「では、俺が代って運転しようか」

といっただけで、相手は疲れが吹っ飛んだ顔つきになり、まァ、どうぞとにかくそこでぼんやりしていてくれ、という。

車の運転をしないから、車そのものに関心がない。国産車と外車の見分けもつかないし、どれがどのくらい高価なのかもわからない。何に乗っても、黙って乗って、黙っておりてしまう。車の持主は猫に小判と思っていることだろう。

猫は小判の値打ちを知らない。では、猫が小判を持っていたら、贅沢なのか。すくなくとも猫は、贅沢をしている気分ではなかろう。また、身のほどを知って生きろ、と批難されたとしても、小判の使い方を知らない以上、猫はべつに舞い上っているわけでもない。

そこにベンツがあり、ＢＭＷがあったので乗せて貰った、というふうな、どこか曖昧な贅沢気分を味わった。

カラッと暑いなかなかの行楽日和で、ウィークディだけれど、箱根の十国峠のあたりは、さまざまな車、さまざまな人で埋まっている。すべて遊びに来た人たちである。

この前、原宿の竹下通りで観たような異様なものを着た若い人たちが群れている。家族連れも多い。小さな子供たちがいずれも派手派手しい遊び着を着せて貰っている。それから年を老《と》ったご婦人がやはり派手だ。車もわからないけれど、このご婦人たちも何人《なんぴと》だか判断がつか

ない。

「でも、軽井沢よりはまだいいよ」

と、同行の岩城宏之さんがいった。岩城さんは夏の間は軽井沢暮しで、まっ黒にゴルフ焼けしている。

「ここはまだ皆楽しそうだからいい。軽井沢ときたら、全国から醜悪な人だけが集まったみたい」

まァ我々もあまり賢い顔はできないような気もする。私などは、他人から見たらやっぱり何人だかわからないだろう。


伊東には、中山千夏のお母さんが住んでいる。千夏自身も毎週末にはお母さんのところに戻っているのだが、今年は選挙に落ちて、もう選挙には二度と出ないのだそうで、八月いっぱいずっと伊東でのんびり羽根を伸ばしているらしい。

それで千夏のお母さんが我々を呼んでくれた。その夜は伊東の花火祭りだそうで、第三鶴吉丸という船を借りきって、海上から花火を眺める。

ビールを呑み、鮨をつまみ、四方から打ち上げられる花火を賞美する。これもまた贅沢なことで、私などがここにまぎれこんでいるのは場ちがいだという気がする。

あとで陸《おか》に上ってから、千夏のお母さんに、訊いてみた。

「変なことを訊くようですが、あの船、ずいぶんお金かかるんでしょう」

「それが、びっくりするほど安いんですよ。三万円なの」

「三万円——？　全部で——？」

「ええ、そう、あたしもね、最初は十万の上するだろうと思ってたんですよ」

三万円なら、十人ほど居たから、かりに割りカンとすると、一人三千円の遊びである。金持でなければ遊べないというほどのものじゃない。

それでもやはり、なんだか贅沢気分が消えないのは、しゅるしゅるしゅる、ドカーン、で消え散ってしまう花火というものが、贅沢そのものだからであろう。

花火には、それぞれスポンサーがついていて、一群ずつ、いろいろな趣向がこらしてある。浜のスピーカーで、その都度、スポンサーの名前をいっているようだが、遠くてききとりにくい。

「あの一発、いくらぐらいかかるんだろうな」

「さァねえ、百万か——」

「いや、もっとかかるだろう」

「ドカーン、で、消えちまう。札束を空にバラ撒いているようなもんだな」

「君がスポンサーなら、惜しくてなかなか発射できないだろう」

「本当だ。俺なら一緒に空まで昇ってっちゃう」

「しかし、消えるから、美しいんだね」

「消えないで、ずっと空に張りついていたら、妙なものさ」

私の子供の頃の印象には残っていないことなのだが、花火というものは、存外に煙がすごい。消え散ったあとに、雲のように濃く煙が残っている。だから、いつまでも一つ所に打ちあげていると、風の無い日など、煙の層でさえぎられてしまって、花火が見えにくくなるらしい。

それで、雲が消えるまで、べつのところから打ちあげる。夜で、おまけに花火が華やかだから目立たないが、空のあちらこちらに花火雲がたゆたっている。

「山の鳥たちは、びっくりしてるでしょうね」

「ええ、眠れないわね、きっと――」

と千夏のお母さんがいった。

「何がはじまった、と思ってるかしら」

「人間がやっているんだとは思ってないでしょう。ふだんは、空は自分たちのものなんだから」

嵐とか、山火事とか、そういう種類の天災的自然現象と受けとっているのだろう。それで、じっくり時間をかけて研究しようと思っていると、たったひと晩だけで、次の日からはもう花火はないのだから、どうも納得がいかないだろうと思う。

また来年の夏まで、憶えているかどうか。

千夏のお母さんの家で、夜ふけまでしゃべりこんでいたら、午前二時頃、キンコーン、と玄関のチャイムが鳴った。

「あ、お祖母ちゃんが来た――」

と千夏がいう。けれど誰も入ってこない。

「お盆だから、お祖母ちゃんが来たの。お祖母ちゃんはお客好きだったから、嬉しくてじっとしてられないのよ」

この家では、ときどき、誰も居ないのに、チャイムが鳴るのだという。

「お祖母ちゃん、はい、ここへどうぞ」

千夏が椅子を一つ、ゆずって立った。

千夏もにぎやかなことが好きだし、千夏のお母さんも客好きだ。それはお祖母ちゃんの代から伝わっていて、この家の女性はいずれも客好きなのだそうだ。

二泊して、我々が東京に帰ろうとしているとき、キンコーン、と又鳴った。

「ああ、お祖母ちゃんが帰ったわ」

と千夏のお母さんがいった。

高校生の喫煙

甲子園に出ている高校生が、かくれて煙草を吸っていたところを写真誌に狙われて、謹慎処分を受けているという。

どうも私のような不良少年あがりは、こういう記事を見ると、ガヤガヤ騒いでいる大人たちの、無能で鈍な印象の方が強く頭に残ってしまう。

いいじゃないか、煙草ぐらい。くわえ煙草で野球をやっていたというならともかく、かくれて吸っているというあたりがかわいいじゃないか。

私どもの中学生の頃は戦時中で、煙草は貴重品であり、手に入りにくかったけれど、それでもクラスの¾は、なんらかの方法で吸っていた。

今、高校生で、煙草を吸ったことがないという者が、はたしてどれくらい居るだろう。もちろん吸わない奴は居る。吸わないやつは成年になっても吸わない。

本来、処罰されるべきことというものは、他人や周辺に被害を与えることなので、その点からいうと未成年者の喫煙は、加害も被害もなく、道徳違反というに近い。

ばくちなんかもそうで、こういう道徳罪というものは、その道徳が移り変ると成立しにくくなる。公営ばくちはよいが民営はよくない、というのは単なる都合の問題であって、煙草にしてもお上が売れればいいというわけだ。専売公社が民営になっても、その中身はそう変ったとは思えない。

話が横すべりするけれど、今、基地《ベース》ではアメリカの煙草が六十円で買える。むろんこれは税金の問題があるけれど、これだけ円高で外国煙草の値が下がらないのはどういうわけだろう。口銭を多くとられるような気がするから、私は外国煙草を吸うのをやめた。

さて、近頃は寿命が延びるのにつれて、人間が成熟するのもおくれているらしい。人生五十年の頃は、元服が十六歳だったが、近頃は、大学を出て数年、三十近くならないと一人前の社会人とはいえないという。もし、喫煙という悪習に子供の頃から染まっちゃいけない、というお諭しなら、高校生が親から貰った小遣いで煙草を吸うのは早すぎるかもしれない。けれども、成熟するのは三十前だが、身体の発育の方は逆に十年くらい早くなっている。小学生で初潮があるというくらいだ。アルバイトだって昔よりずっと盛んで、皆、自分の稼いだ金を持っている。そうすると未成年という線は、小学校卒業のあたりにおかなければならなくなるだろう。

建前というものは、そういうふうにいいかげんなものなのである。要は、建前を心得ているかどうかだ。かくれて吸うなんというのは、建前を無視していない証拠である。

もし喫煙で野球ができなくなるのならば、これからは、強い学校が出てきたら眼を皿のようにして生徒たちの喫煙を見張って居て、写真をとって大会委員のところに持っていけばよい。ライバル校を落とすのはそれがもっとも手っとり早い。

そうでなくたって、写真週刊誌の影響か、近頃は、うの目たかの目で、他人のエラーを見張っている奴が多いのだ。そうしてすぐに密告する。いやな世の中になったねぇ。

エラーをした者が、恐れいって建前を尊重し、謹慎してしまうのは、俺はエラーをしてないぞ、という顔をしている奴が居るからだ。テレビにも、新聞にも、人の眼に立つところで、そういう奴が多すぎる。一度、うわっと皆の身体をひっぺがして、裸にしてみたら、なんだ、お互いさまじゃないか、ということになって、皆の気持がすがすがしくなるのではなかろうか。

同じすっぱ抜き写真がはやっても、

「ツイてないな、おい」

「そうなんだよ、ごめんなさい」

ぐらいですんで、お互いに許し合うことの快感を覚えるのだろう。

私が十七、八の頃に、大戦争に負けて、焼跡で飢えて日を送っていた頃があった。衣食住、すべてなんにもない。喰べ物は配給制だったけれど、遅配に次ぐ遅配で、誰も配給に頼っていたのでは飢え死してしまう。

で、皆、ヤミ物資に手を出した。もちろん違反で、ヤミの買出しなど警官にみつかれば即とりあげられてしまう。

つまり、一億総違反をやってしのいできたので、その時分、週刊誌が買出し写真をとってすっぱ抜いたって誰も面白がらない。

あの頃はよかったな。誰も彼もが、スネに傷もつ身であることをちゃんと意識し、また、スネに傷をつくらなければ満足に生きていけないということも、知っていた。だから、簡単に他人を笑ったり見下したりしない。

ヒロポンやアドルムが大流行した頃で、だから喫煙がどうのこうのなんてところまで手が廻らない。ヒロポンなどは、私の中学生の時分は、錠剤を試験勉強に使っていたのである。薬屋で堂々と公認されて売っていたのだ。なぜ、世間がうるさくいわなかったかというと、特攻隊がヒロポンを呑んで神経をたかぶらせて出撃していく。だから禁止できない。道徳律というものは、かくもいいかげんなものなのである。

そういう乱世も束の間で、物資が出廻り、世の中がおちつくとともに、組織社会の枠組ができ、やたらに道徳的な顔をする連中が増えてきた。

そうしてその連中と軌を一にして、道徳的な顔さえすれば本線に乗っかれると思いこんでいる連中も増えた。一億ニセ道徳家の時代である。特に、教育を仕事にしているような連中がよくない。

未成年といったって、感性は大人とそう変らないどころか、もっとヴィヴィッドなものだから、子供にはすぐに大人のニセ物ぶりがわかる。

今度の謹慎生徒だって、こういうことで社会のニセの枠組を感じとっているだけであろう。そしてそのうちに要領のいい大人になっていくのだろう。

話はちがうけれども、先年、昔の浅草でレビュウにたずさわっていた作者や役者の生き残り数人と呑んだことがある。

いずれも七十代、八十に近い人も居てご隠居さんであるが、わりに自由人だから、したがって現今の世の中では、ご隠居でなくてもはずれ者になってしまう。

小料理屋をやっている元仲間の店に集まって、焼酎を夜を徹して呑んだ。自由人は酒を呑むとなると朝まで呑む。その結果、八十歳の虎になってまわりに厄介をかける。自由人は始末がわるい。

「俺たちはポン中でよかったなァ——」

と誰かがいいだした。

「本当だな——」と皆がうなずいた。

「アル中だったら始末がわるかった。ポン中だったんで助かったよ」

ヒロポン中毒は隔離しておけば、まァ治る。アルコール中毒は、酒をやめて症状を停止させるだけで、身体が元の状態になるわけではない。で、アル中なら仕事なんかできなかったよ、という。人によっていろいろな慰め方があるものだと思った。

富士の裾野の暴風雨

私は富士山が大嫌いである。

関東平野で生れ育ったものだから、地面というものは平らなもので、人は平地に立っているものだという思いこみがあるらしい。富士山に限らず、山が嫌いだ。山脈のように、横にうねうねと伸びているものは、それはそれで辛うじて眼に馴れるところがある。

単発で、にゅっとそびえているようなのがいけない。どうしてああなっているのか、なっとくがいきがたい。月明の夜、白く大きく空を占めている山をどうしても振りきれず、畑道の小さな点となって歩いている自分を思うと、気持が凍りついてくる。どうも不吉で妖怪で、富士山などは、即刻、切り崩しかきならしてしまうがよろしい。地元の方は大反対なさるかもしれないが、ああいうものは周辺のツキを無駄に吸いとって腫れあがっているのである。

ついでにいえば、富士山だけじゃない。雲も星も海も空も、自分より大きいものは皆大嫌いだ。自然というものは、いずれも堂々としすぎていて怖い。

その富士山のそばに吸い寄せられていくというのは、ちょうど山中湖畔でジャズ祭が開かれているからである。モダンジャズファンにはお馴染のレーベル〝ブルーノーツ〟復活記念で、所縁《ゆかり》の大物ミュージシャンたちが大挙してアメリカからやってきている。

アート・ブレイキイ、フレディ・ハバード、ミルト・ジャクスン、ウディ・ショー、ボビィ・ハッチャーソン、ジョニー・グリフィン、ルー・ドナルドスン、ジャッキィ・マクリーン、カーメン・マクレエ、スタンリィ・タレンタイン、etc。

これだけのメンバーが、まちがってても私の家にやってきてくれない以上、私の方から出かけなければならない。

で、相性の悪い富士山が、私が来るのを見てどうするか。噴火か、地震か。折りしも八月末、台風シーズンである。そのうえ私が雨男ときている。私の雨男ぶりは半端じゃなくて、以前、一年に七日間ぐらいしか雨が降らないという南仏に足をふみいれたとたん、三日降り続けたことがあったし、マウイ島でも、マカオでも、大暴風雨が来た。

同行の本誌O嬢は晴女だという。

「駄目なんだ。いくら貴女が晴女でも、僕が行く以上は荒れる」

「すると野外ステージだから、困りますね」

「困るよ、僕も。僕さえいかなければいいんだが、しかし僕は行きたい。どうにもならんね」

といっているうちに、中央高速に、ポツリ、雨滴が落ちた。しかし空は晴れている。O嬢は、自分ががんばっているから大丈夫だという。

果たせるかな、その夜、丘の上にあるホテル・マウント富士の中庭で、ジャムセッションがはじまる頃、豪雨に加えて雷鳴が轟きだした。

しかし星は出ている。それはそうなので、日本じゅうでこの一点しか雨は降っていないのだ。なぜなら、私がここに居るから。

間断なく稲妻が光り、四方の山に雷の落ちる筋が見える。

なんとかしてください、とO嬢はいうが、なんともならんね、こうなってしまっては。

客の大半は雨合羽などかぶり、芝生に坐りこんだまま動こうとしない。ミュージシャンは楽器を布で拭き拭き熱演している。リズムの音と雷音が競い合うように、ドドドドと響く。

丘の上だし、ライトを使っているし、金属楽器もある。雷がここに落ちないかと心配した。ジャムセッションが解散したあとの夜半、本当に雷が落ちて仮設舞台の鉄骨が折れ曲ってしまった。

ごめんなさい、あの夜の皆さん。実はみんな私のせいなのです。

迷惑をかけるつもりはさらさらないけれど、富士山ににゅっとしていられてはかなわないから、なんとか雲で隠そうとする。すると雨雲を呼んでしまうのである。

その夜はドシャ降り。朝になってもやまず、道路が川になって雨水が湖の方に流れこんでいる。

主催者はどうするか。中止では、興ざめである。といって延期では、ミュージシャンにも客にも都合というものがある。第一、私がここに待機している以上、何日待っても雨はやまないのである。

「心をいれかえてください。集まったお客さんのために」

「そうしたいが、念力に打ち克つ念力というものがないんだ」

「では、あたしががんばります」

O嬢は悲壮な顔つきで空をにらんだ。

「色川さんの念力はよくわかりました。今度はあたしの顔を立ててください」

不思議なことに、朝の十時頃、雨雲が切れてきたのである。そうなると機嫌のなおり方が早い。西の方の青空がだんだん拡がってきた。晴女もなかなかの力量がある。

しかし、湖畔に造った昼の野外会場のまん中に水がたまってしまって、使用不能だという。そうしてスタッフやお客さんまで混って排水作業をしているらしい。

空は、もう豪雨の気配を残さず、富士山がにょっこり全容を現わしている。私も今日は全面的に晴女におまかせしようと思っている。


十二時開始というのが二時間おくれてやっと二日目のステージがはじまる。土曜日のせいもあって、すかさず駈けつけてきた客が延々長蛇の列。

この日の一番手は新鋭ベニィ・ウォーレスのグループと日本代表山下洋輔の顔合せ。ウディ・ショーとジャッキィ・マクリーンの〝ソニー・クラークに捧ぐ〟というセッション。スタンリィ・タレンタインに続いてカーメン・マクレエが三曲予定のところ、乗っちゃって六曲唄っちまう。

地域住民がうるさいから五時でやめてくれというのを、プレーヤーたちが勝手に乗りまくって六時を大幅にすぎてしまう。

篠山紀信や立木義浩が写真をとりまくっているかと思うと、マーサ三宅や後藤芳子の顔も客席にある。売れっ子の若手作家村上春樹が隅っこの方で聴いている。彼は以前ジャズ喫茶のオーナーだったくらいだから、かなりうるさいのだ。

「ヴェテランたちが、案外おとろえていないですね」

ウォルター・ディヴィス・ジュニアだのジョニー・グリフィンなんてところに拍手を送っている。

しかし一番瞠目したのは全米若手選抜のOTB（アウト・オブ・ザ・ブルー）というグループだ。彼等の乗りがすごくヴェテランたちが刺激されていい効果をあげている。OTBの六人、近い将来にそれぞれスターになるだろう。

もう一日、最終日が残されているけれど、雨の方はもう大丈夫だろう。私はじっと我慢している。但し、堪忍袋の緒が切れて、富士山大爆発に至らないとも限らない。

タクシィの中で

つい先日、タクシィに乗って、

「池袋まで――」

「――え？」と運転手さんがいう。私は声が低いので、ちょっと大きい声を出して、

「池袋――」

運転手はこちらをふりむいて、

「――ええ？」

という。太縁の眼鏡をかけた、四十恰好のどこといって特徴のないおとなしそうな運転手さんである。

かくてはならじと私は身を乗りだしてほとんど叫ぶような声で、

「池袋――！」

運転手さんは思案するようにしばらくじっとしていたが、今度は向こうも私の方に身を乗り出し、耳に片手を当てて、

「――ええ？」

車はもう動きだしている。メーターもガチャンと倒されてしまった。おりるというわけには

もういかないようだ。

どうもなんとなく、怖い。

――眼が見えないというのなら大変だが、耳だからな。耳で運転するわけじゃない。と自分にいいきかす。ほとんど耳がきこえない、ということは、運転にどんな影響があるだろうか。私は運転をしないからよくわからないが、やっぱり反射神経の点などで、具合がわるいんだろうなァ。

こちらのそんな気持を見すかすように運転手さんがふりむいて、

「――これでも二十年、無事故ですぜ――！」

その顔をよく見たら、両眼ともに義眼であった――、となるとブラックコントだが、むろんそんなことはない。

彼は黙々とハンドルを握っており、車の動きにも特別ぎくしゃくしたところはない。けれども、そのうち、縁の太い彼の眼鏡が気になりだした。待てよ、いったいどの程度に眼がわるいのだろう。一見したところわからないし、また落ちつきはらって運転しているが、実は眼も耳と同じくらいわるいのではあるまいか。

池袋までの道が、実に長かった。

本誌のおかげで外出することが小面倒でなくなった。そのうえ、毎日ではないが、朝の六時前後に自転車で、近くの神宮外苑に行き、円型道路をもがいて何周もしている。私のような積年の不摂生がいまさらそんなことをしたっておそいにきまっているが、まだ汚れない空気の中を走っていると気持がいい。それで今年の夏はよく陽に焼けた。これで冬になっても風邪をひかないだろう。

昔、競輪場に毎日通っていた頃は、夏はまっくろに焼け、冬は酷寒零下何度のところで遊んでいた。その頃は病気ひとつしない。大体、若くて元気な頃は、よく出歩くもので、家に居るのはカミさんだけだった。

大人も子供も、用事があってもなくても、外をほっつき歩いている。誰も車なんかに乗らない。タクシィを使うのは、祝儀不祝儀ぐらいのものだった。

最近は一部の盛り場を除いて、人が歩いていない。週休二日制になったりして以前よりヒマもできたろうに、皆何をしているのだろう。ひとつには、電話が普及して、皆、手紙を書かなくなったし、お互いの家を訪問しなくなった。小買物だって電話で足りる。以前は血縁社会だったのが、当今は職場社会になっていて、親戚よりも同職業の者同士の方が親密になる。そうして、その交際はおおむね職場でまにあってしまう。

それで出かけるとなると、ゴルフ場かデパートぐらいであろう。あとは電話で用がすんでしまうから、これだけ人間が多くても、離れ小島と職場を往復しているような趣きになる。

私の所へ来る編集者たちに訊いても、家庭で飯を喰うのは土曜と日曜ぐらいであるらしい。

編集者は夜のおそい商売ではあるけれど、多くはベッドタウンが遠いから、似たような事情になっているのだろう。人生の大半を職場か職業関係者とつるんで暮してしまう。

私どものようなフリーランサーは、家庭に居坐っているようだけれど、この場合は職場が家庭になだれこんでいるわけで、事情は同じだ。

やっぱり、特に男は、外をほっつき歩かなくちゃいけない。家庭や職場に管理されすぎないためにも、ぜひそうするべきだ。見知らぬ人間と一緒になってほっつき歩き、紐の切れた凧のようになって一人きりの浮遊感を味わうべきだ。

二十歳前後の頃、会社というものに勤めたことがあるが、その頃の私は、会社の中に坐っているということが身体になじまなくて辛くて仕方なかった。何か小用を命じられて外出すると、元気をとり戻すまでヤミ市をうろうろしたりして時間を潰した。だから私が外出すると定《き》まって半日はかかる。実に厄介な見習い社員だったろうが、当時は室内に居るより野外に居る方が本筋と身体が感じていたらしい。

いつのまにかそれを忘れて、仕事をするために生まれてきたような顔になっている。けれども私は、人一倍疲労感を覚える持病があるせいで、電車の駅の階段を昇り降りすることがむずかしい。むりをしてやれば先方に行ってどっと眠ってしまったりする。それでタクシィの使用をやめられない。せめて、乗ると運転手さんから世間の人たちのいろいろな話をきくことにしている。

運転手さんたちはおおむね話好きだ。むっつりしているように見えても、水の向け方でよくしゃべってくれる。

もっとも中にはしゃべりすぎる人も居て、いつだったかカミさんと一緒に乗ったとき、私どもが年齢が離れていて夫婦に見えにくいこともあったろうが、

「この前ねえ、お客さんが女の人を送って行ったときにさァ――」

などといいだしてとまらなかったことがある。私はわりに顔を覚えられやすいらしく、夜更けの盛り場でタクシィがつかまえにくいときでも、向こうから停めてくれて、やァ、また会いましたね、さァどうぞ、などといってくれることもある。

怪談には少し季がおそいが、これも運転手さんからきいた怖い話。

虎の門あたりで五十恰好の婦人の一人客を乗せた。後ろの席で、なんだかぶつぶつ呟いているようだが、外の騒音でよくきこえない。信号が赤で停まると、婦人の低い唄声がきこえた。

〽うらめしや、うらめしやー

かすかな抑揚をつけたその唄声が、信号が変って走り出すときこえなくなる。

また信号で、停まるたびに、鼻唄のように口ずさんでいる声が、背中でするのだという。

〽うらめしや、うらめしやー

「何でしょうね、あれ、亭主の浮気でもみつけて殺しに行くところだったんでしょうかねえ」

困ること、腹立つこと

私はプロ野球というものを実に久しく見ていない。

戦争中の国民野球の頃、それから戦後の一リーグの頃、あの頃はしばしば観戦に行った。思いおこせば、南海の捕手筒井が巨人の三原脩をポカリとやって、両軍喧嘩になったところを見ている。それから国鉄の新人投手金田がリリーフではじめてマウンドに立ったところも見ている。

長島はサードを守っているところを見た（テレビで）記憶がかすかにある。王となると、顔はよく知っているが、野球をしているところを一度も見たことがない。

つい先日、酒場で、

「セリーグというのは、何チームあるのですか」

と訊いて怒られたことがあった。その人は私がからかってると思ったらしい。

高校野球はときおり見るが、一夏に一試合も見ない年が多い。べつに特別嫌っているわけじゃないけれど、野球は一試合の時間が長い。プロ野球のように一年の三分の二ぐらいやっていると、うっかり眺めはじめればずっと見たくなるだろうから、年間かなりの時間がかかることになる。それがどうももったいない。

お前はマージャンばかりやって時間を空費してるじゃないか、といわれそうであるが、マージャンはともかく自分がやっている。野球は、眺めているだけというのがどうも頼りない。競馬や競輪は馬券を買うことで、ともかく参加している。誰がホームランを打とうが優勝しようが、選手は儲かるけれど、観客は何も関係がない。他人のことにどうしてそう時間を空費してるのか、と思ってしまう。

もちろん、世の中には、自分の懐中に関係なしに、感動を呼ぶ見世物もある。プロ野球はただの商売で、選手は自分なりチームなりの都合で走ったり打ったりしているだけだ。と、まァ、声高にいうほどのことでもないのだが。

昔、週刊誌でマージャンの観戦記を書いているときに、編集者からあらかじめ今日のメンバーは巨人軍の選手二人、力士二人、ときかされていた。

その時、常より早く会場に来てしまった。編集者もまだ来ていない。ところが座敷に客人が一人坐っている。

見たところ力士ではない。とすると野球選手だ。私は野球を見ないから、それが誰だかわからない。巨人軍の選手で週刊誌に出るとなると、いずれはスター級であろう。此方《こちら》から名前を訊いては失礼だ。

まずいことに先方はどうも私を知っているらしい。私たちは目礼し合い、顔ぶれが揃うまで、世間話をしていた。

しかしどうも気を使う。野球の話は禁物だ。なぜなら、相手が名投手なのか、強打者なのかもわからない。うっかりしてトンチンカンなことをいっては拙《まず》い。

すると、電話がかかってきた。二人きりだから、ホスト役の私が出る。

「モシモシ、巨人軍のなんとか選手来てますか――」

さァ、困った。巨人軍は二人来る。眼の前の人がそのどちらだかわからない。

「――まだ係の者が誰も来てません」

とっさに、そう返事した。それからまもなく、三重ノ海と旭国が現われて、これはひと目で力士とわかるから、話題が円滑になった。あとでその話を人にするたびに、なんたる常識のない奴か、という顔をされる。

その選手は、俊足のセンターで、かなりの人気者だったらしいが、今、また名前を忘れてしまった。

私はゴルフもやらない。

練習場ぐらいは行ったことがあるけれど、コースに出たことがない。

ずいぶん、人からすすめられる。新しく覚えた人が、特に勧誘が熱心だ。早く自分より下の新入生を造って、先輩面をしたいらしい。

何かのときに賞品で一揃えを貰ったことがある。外国製で相当な値段だったらしいが、すぐ弟にやってしまった。

なぜやらないか、といわれても、これも深い理由はない。猫も杓子も、というところがちょっと気にいらないが、そうかといって大衆ゴルフがわるいなどとは思わない。

ただ、やる、と、やらない、ということをはっきり区別しようと思ったことはある。マージャンはやるけれど、ゴルフはやらない。そのことに何の意味もないのだが、中途半端はよそうと思う。

私は、あんまり通常人がやらない遊びを、かなりやっている。皆がやっている遊びをやらなくたって、少しもさしつかえない。

ゴルフをやらないから、したがってテレビのゴルフ番組を見ない。

野球の番組も見ない。プロレスも見ない。

テレビドラマというようなものは、私のような文章書きにとって娯楽にならない。どうしても職業意識がチラついて、自分ならこうするとか、この処理はあまりうまくないな、とか思ってしまう。

だからドラマ類は見ない。

劇映画の類もご同様。

ニュースショーの類は、あれは家庭婦人を対象にして作っているのだろう。これも私が見てもしようがない。

私のカミさんは眼がわるいので、これは生理的肉体的にテレビを見たがらない。なにか大事件でもあって見続けた翌日は疲労で寝こんでしまうくらいだ。

で、私のところでは、よほどの例外がないかぎり、テレビをつけない。

私どもはそのつもりで見ないのではないが、これはわりに贅沢なことであるらしい。

知合いの寿司屋さんが店内改装をしたついでに、テレビをはずしてしまった。

「まったく、あれ、客は誰も見てないしね、そのくせざわざわした音が流れて、いやですよ。あのCMって奴、妙に空気をネトネトさせちまって、ネタがわるくなっちゃいまさァ」

もっとも私がよく行く仕事場の近くのご飯屋さんでは、今もテレビが店の中央にあり、ときに若い人たちが群がって見ているときがある。

独身のアパート暮しの若い人など、一人で見るより、そういう店で何人かで見る方が楽しいらしい。笑声だって他の人の笑声があった方がはずみがつく。それはそれで微笑ましい。

勘弁ならないのは、テレビ局の人たちで、皆がテレビを見ていると思いこんでいるようなところがある。

「最近どうです、うちの局の番組、わりによくなってるでしょ」

そんなに見てないよ、というと、

「じゃァ、どこの局を見てるんですか」どこの局も見てない、というと相手は喧嘩を売られたような顔をする。感情をこじらせて見ていないのではなくて、ただ、見てないのだ、ということがなかなか通じにくいのが腹立たしい。

神宮外苑の朝

近頃、毎日ではないけれど、朝の六時というと、ボロ自転車を駆って、仕事場の近くの神宮外苑に出かけていく。そうしてあそこの円型道路を五周六周と廻ってくる。

カミさんがその事実を知って、呆れたようにいった。

「どうして、突然またそんな気になったのかしら。気でも狂ったの」

「俺が朝の運動をやると、気が狂ったことになるのか」

「途中で眠っちゃって、車にでもぶつかったらどうするの。生兵法は怪我の素、っていうでしょ」

「冗談いっちゃいけない。走ってる車にはぶつかったことがない。ときどきぶつかるのは停ってる車だ」

「ホラごらんなさい。即死ならいいのよ。手足がなくなって生きててごらんなさいな。あたしは面倒なんかみないわよ」

編集者の誰彼も、

「へえぇ、貴方が自転車に、乗るんですかア」

と不思議そうな顔をする。よっぽど私は不健全にみられているらしい。

私はナルコレプシー（睡眠発作症）という持病があって、発作止めの薬を呑み忘れたりすると、ところきらわず、歩行中だろうと食事中だろうと、コロリと眠ってしまう。したがって昼働き夜休むというような規則に則った生活ができにくい。

幸い自由業なので、自分の身体の条件にあわせて仕事ができるが、私くらいの重い症状だと、他の人のペースに合わせることがむずかしい。

それもあって、昼も夜も同じように、仕事をしているような、居眠りしているような、ダラダラペースになる。

だから本当をいうと、朝の五時というのはいかにも早起きしたように見えるけれども、そうじゃないので、私にとっては仕事も少しダレたから、ちょっとひと走りしてくるか、といったところなのである。

まアしかし、それでもなんでも、まだ車もすくないし、空気がいいから気分がよろしい。トレーニングシャツで走っている中年の人たちがたくさん居る。外苑の広場では主婦族たちが一団になって体操をやっている。

新聞配達の若者が飛び交っているが、よくみると、停年近い年齢の紳士がその中に混っている。一人や二人ではない。これはアルバイトというより、運動を主体にしたものだろう。なるほどと思う。それからママさん配達夫も多い。こっちは夕食のお菜を一品増やすのが主で、ついでに健康もというところか。いずれにしてもほほえましい。

「やあ――」

青年館の横手で顔見知りの編集者A君に声をかけられる。彼はラケットを片手に短パン姿である。

「アレ、貴方はたしか、埼玉県の方じゃなかったの」

「ええ、昨夜は社に泊ったんです」

「なるほど」

「週に二、三回は社に泊るんですよ。それで早起きしてテニスの練習をするんです。神宮競技場の壁でね。ゴルフなんかよりよっぽど気持がいいです」

「じゃァ、呑みすぎて社に泊ったんじゃなくて――」

「もう呑みすぎなんて流行《はや》りませんよ。ちがう社の奴ですがね、この近くに一間のアパートを借りてときどきそこで寝る奴が居るんです。そいつと一緒になるとテニスの試合《ゲーム》をしたりね」

そういうもんかなァ。昔の編集者は、夜を徹して呑んで議論したりするようなタイプが多かったがなァ。

小説家でも近頃は、日曜ごとに集まって神宮のプールに出かけるグループがある。そんなに健康に気を使って、長生きして何をやるつもりかなァ。

今年の夏は短かかった。梅雨が長くて今また秋雨前線がぐずついている。ショボショボ雨が降ると、どういうわけか来客が多い。来客が多いから、つい連れ立って外に出る。外に出るから知人にぶつかる。物が順にいっていて、さっぱり仕事ができない。

昨夜は某酒場で星新一さんとぶつかった。そこに「銀座百点」という雑誌がその店の写真を撮りたいと入って来て、ぼんぼんフラッシュをたいたものだから、ヒューズが飛んで店内は真っ暗。皆でこのときとばかり、手近の女性をまさぐろうと手を伸ばすと、星さんの手とお互いにからみあってしまって、ドタバタ喜劇の様相を呈する。

星さんが、二人で写真をとっとこうよ、というので並んで坐ったが、男二人で並んでもどうもサマにならない。

「二人のゼッペキ頭を写そう。どっちが秀れたゼッペキか」

それで、二人で横を向いて、大きな頭を振りたてるようにして写す。

私が世にも独特のゼッペキ頭だと思っていたら、星さんも頭が大きく、そのうえゼッペキで、子供の頃から周囲にからかわれたのだという。からかわれているうちに、反発心と重なり合って矜持《きょうじ》のようなものになったらしい。自分こそ世界一のゼッペキだと思っていたところに、私がゼッペキ頭の劣等感を書いて文壇に出てきた。

ゼッペキは自分が本家だ、と星さんが絶叫する。そうではあろうが、こちらの頭の方がユニイクだ、と私が叫び返す。二人で闘牛のように、頭をふりたてて議論したことがある。そうやって騒いですごす夜は、ことのほか楽しい。

ゼッペキ論がまた再開されようとしたところに沢木耕太郎が飛びこんで来、それから北海道は富良野のアニさん、倉本聰が入って来る。

ガヤガヤしているとどうしてこう時間が早くたっていくのだろうか。

何時——? と訊くと、一時、だという。これはいけない。今夜はこの小文を記さなければならない。

「俺は帰らなくちゃいけない。お名残りおしいが」

というと、いつも誘惑などしたことのない沢木クンが、

「じゃア、もう一軒、軽く三十分ほどで仕上げて帰りましょう。送ってきますよ」

ほかならぬ沢木クンの申し出なので、ありがたくお受けしなければならない。

そのもう一軒に行くと、井上陽水と吉田拓郎が連れ立って呑んでいる。これはもう三十分ではおさまらない。

拓郎と陽水は一年ぶりの邂逅《かいこう》だそうで、陽水が嬉しそうに、人なつこく拓郎にすり寄っている。もう彼もベロベロだ。

吐きっぽくなった陽水を沢木が介抱している。拓郎は、もうこうなったらトコトン呑むぞ、と叫んでいる。

帰りの車が外苑のそばを通る。うす明かるくなった街を皆が走っている。私もあの群れに居るはずなのだが、どうしてこうなったんだろう、と思っても、頭が混濁してよくわけがわからない。

老人になる方法

先日また、三日間行方不明になって、そのときの仕事関係者にご迷惑をかけてしまった。何をしていたということもない。泥々になって遊んでいただけの話であるが、近頃の生活は私も他人様ご同様に一日一日がスケジュールで埋まっているから、三日間の穴ぼこをとり戻すのが容易ではない。

どうもお恥かしい、と思うのが年齢をとった証拠で、以前は行方不明など日常茶飯事でさほど恥かしいとも思っていなかった。

今、預かり息子のような趣きで仕事場に来て貰っている青年が、毎日、私の行状を見て呆れ返っている。

「あんなだらしのない人は見たことがありません」

と嘆息して私のカミさんにいったそうだ。パジャマ姿でデパートに買物に行ったといっては呆れ、朝来てみるとたいがい帰宅していないといっては侮蔑の眼で見る。

「でもさ、戦争中は夜も昼もなかったぜ。それにパジャマなんか贅沢品で、皆、着のみ着のままで寝たり起きたりしてたんだ」

「今は戦争中じゃありません」

いいじゃないか、人眼なんか気にしなさんな、と私はいいたいところなのだが、青年のいうことも一理はある。

まず第一に、老人はそんなことはしない。私はそろそろ還暦も近いという年である。老人には老人の暮し方というものがあるようだ。

私は子供を造らなかったので、どうも自分の年齢を忘れがちでいけない。子供が居ると、子供が育つにつれて、いやでも自分の年齢並みの顔つきというものができてくる。夫婦二人きりだと、そこのところが欠落して、いつまでたっても青春のまっ只中に居るような気分が変らない。

私の青春時代は、不良少年であった。だから今でも、不良少年のまんまの気分で居る。たまに幼児から、おじちゃん、なんて呼びかけられると、ドキッ、とする。

これではいけない。我れは狐と思えども、人は何と思うらん、である。五十七歳の不良少年なんてものは、客観的に眺めた場合、うすみっともないだけであろう。

昔、人生五十年といわれていた頃は、十六歳が元服で、成人年齢だった。今、男の場合の平均寿命が七十七、八歳だという。それにつれて一人前の社会人になるのは大学を出て数年の二十七、八歳ぐらいになった、という説がある。してみると、五十七という年齢は、まだ初老の手前なのかもしれない。

けれども、もう、秋、という感じは否めない。鏡を見ると皮膚のたるみや衰えがいやになる。いつだったか、日大相撲部の選手たちと一緒に裸になって写真をとった。はちきれんばかりの若い肉体の中に、私ひとりが不健康な黄色い塊りになって見えて、ゾッとしてしまった。

人間というものは、幼児から少年、青年から壮年、そして老年と、順序をたどって死に至る。少年は少年らしく、老人は老人らしく、それ相応の役割りを演じなければならない。

よし、老人らしくしよう。そう思いたった。今すぐ本当の老人になれなくても、次第にそれらしくなって、いつか国境をすっと越えることができるかもしれない。七十や八十になって、まだ泥々の遊びをしているようではいけない。

どうもあまり気が進まないけれど、世間の皆さんがいずれもおやりになっていることなのだろう。ある日、自分は老人になった、と思い、老人の格好をしはじめる。

それはどういう日なのだろうか。

考えてみると、少年から青年に移る日というものは、学校が変わったりしてわりにわかりやすい。青年から壮年に移る日、これはどこのあたりだったのだろう。どうも私は、その国境を無視して、パジャマでデパートに行くように、見境いのない日を送って来たような気がする。

さて、老人になるとして、さしあたりどうすればよいか。

音楽評論家の小川正雄さんに先日ひさしぶりであったら、顔じゅうが白髭になっていて、しばらく小川氏とわからなかった。髭そのものも見事だけれど、顔が本当に瀟洒《しょうしゃ》な老人の顔になっていた。

私も、髭を生やしてみようか。

そういう形から入るということも必要かもしれない。ステッキをつくとかね。ステッキをついていれば、走りだそうと思っても、すぐに老人であることを思い出して、ヨボヨボ歩きができそうな気がする。

しかし、髭を生やして、誰でもサマになるとは限らない。顎髭が似合わない人というのがあって、子供の頃、私の町内でも、その人を見るとサンタクロースのサンドイッチマンを思い出すという悲劇的な人が居た。

私の父親も髭を生やしたり剃ったりしていたが、食事の時には飯粒がくっつく、鼻をかめば鼻汁がつく、どうも始末がわるそうで、日常見ていると何の威にもならない。

宗匠頭巾かなにかをかぶるという手もあるが、すぐにどこかへおき忘れてきそうだ。

そんなに工夫しなくたって、その禿頭なら立派に老人に見えるよ、という声もする。けれども、私の遊び友達はいずれも老人に見てくれない。第一、肝心の私が、さっぱり老人という心持がしない。

それとなくまわりを見廻してみると、病気という奴が自然に境界になっている場合があるらしい。

四十代の終わりから五十代にかけて、疲れがたまるせいか、どっと病床について入院生活を送ったりすると、全快して出てきても、なんとなく今までのような無茶はできない、自分ももう若くないのだぞ、なんて思う。シャバを離れているというのが、ごく自然に老人に変貌するために必要なのかもしれない。

私も十年ほど前に大病をした経験があるが、あのとき、隠居ふうになっておけばよかった。つい気がつかなくて、半年入院し、そのうち四ケ月は点滴だけで、二十キロもやせて、骨と皮で出てきたのに、畑正憲さんたちが私の家で待機していて、退院祝い麻雀をやり、二日二晩寝ないで打った。それで終ったときには、両手を卓に突っ張らないと立ちあがれもしなかった。

せっかく老人になるチャンスだったのに、そういうことをやるからいけない。

老人というものは、大体、遊ばないものである。徹夜もしない。馬鹿呑みもしない。女の居るところでなど眼をさまさない。

そうしてまた、仕事もしない。

そうだ、老人は仕事をしなくていいのである。人間の体には仕事が一番わるい。なにが不摂生といって仕事ほど不摂生はない。そう思うと早く立派な老人になりたくて居ても立っても居られない。

フライドチキンの孤独

近頃は、秋というやつが、風格も含蓄もなくなった。残暑などなくて、台風が過ぎ去ると同時に、まるでトンネルに入ったように暗くうそ寒くなる。

世紀末だというけれど、本当に世も末という感じのうそ寒さだ。

こういうときは外出するにかぎる。部屋に閉じこもっていると、ただ憂鬱になるばかりだ。

毎日電話番に来てくれるO青年を伴なって、四谷見附にラーメンを喰いに行こうと思う。

「その恰好で出かけるんですか」

「ああ――」

「着がえてくださいよ。それはパジャマじゃないですか」

「パジャマだけれども、寝るときは脱いで寝るよ」

「脱いで寝たってパジャマはパジャマですよ。みっともないでしょう」

「でも、これに似たのを板前さんなんかよく着てるよ」

「板前さんにはみえませんよ」

「それじゃ、こういうの、流行らせてみよう」

草色の夏のパジャマが気に入って、自転車で行ける範囲はこれで出かけてしまう。先日は、新宿のデパートにも行った。

なァに、着替えたっていいのだが、近頃の若い人が小事にばかりこだわるのがあまり賛成できない。O青年は、まじめで、心の優しい好青年だが、少しばかり線が細い。

もっとも彼は彼で、私の真似だけはするまいと決意しているようなところがある。

「冬になってもそれで出かけるつもりですか」

「冬はこの上にガウンを羽織る」

「風邪ひきますよ。寒いでしょう」

寒い。どうせなら冬のパジャマにすべきだった。

ところが、へんな時間に出かけたために、ラーメン屋はどこも閉っている。昼食時か夕食時でないと、休憩してしまうらしい。うまい店を三軒ほど自転車で廻ったが、いずれも準備中。

ソバを喰うにも世間の慣習に合わせて時間を守らねばならないのだから、若者が管理社会に服従したきりになるのもむりもないのかもしれない。

「どうしますか、ぼくは何だっていいんですよ」

「ラーメンにこだわってしまったな。こうなると日本ソバですますのは口惜しいね」

結局、スーパーで生ラーメンとめんまと焼豚を買い、O青年が即席に作ってくれる。

何だっていいというけれど、O青年は喰い物がむずかしい。まず、野菜がいっさい嫌い。食べられるのは生キャベツとほうれん草くらい。

大根、人参、牛蒡、の類は駄目。

「根っこでしょう、あんなもの」

菜類は、

「だってぇ、葉っぱだもの」

という。玉葱、葱、も駄目で、したがって彼の作ってくれるラーメンに、薬味はない。ピーマンは、青いから、もやしは、草みたいだから、きのこ類は、変な形をしてるから、駄目。いくらや鱈子は喰べるが、数の子は喰べない。理由は、固いから筍と混同してしまう。納豆も薬味を入れないで、かきまわしもせずにそのままますすりこむ。卵は生卵だけ。納豆も生卵も醤油をかけない。

肉が好きだ。魚も、小骨の多いもの以外は大方よろしい。フライや天ぷらなどの油を使ったものも好物。いちばん好きなのは牛丼のような甘辛い味だという。

一番嫌いなものは大根おろしで、あの臭いは強烈なのだそうだ。

朝来ると、

「また、大根を喰ったでしょう」

と叱られることがある。

しかし、沢庵は喰う。理由を聞くと、

「あれは、黄色いから——」


そういう私も、牛乳はいっさい口にしないが、アイスクリームは喰うのだから喰べ物の好き嫌いを理屈で律することはできないけれど、野菜を喰えないというのは、料理方が実に困る。

そのうえ、私がコレステロールを減らすために、肉類と油物をしばらくやめていたので、カミさんとしては、たった二人の喰べ手のために、全然ちがう料理を作らねばならないことになった。

彼も、さすがに他人の家で、なんとか合わせようと格闘しているらしい。野菜スープや、鍋類のスープだけなら呑めるようになった。しゃぶしゃぶのスープなどは、うまい、といったくらいである。

しかし、煎り豆腐をつき合わされたときは、あとで吐いた、といったし、今夜のメニューはロールキャベツときいたときは、用事を作って夕食前に退散していった。

「あまり心配しないでください。ぼくは何だっていいんですから。毎日インスタントラーメンでもいいんです」

しかしそういうわけにもいかない。

O青年は少し極端な口であろうけれども、しかし傾向としては、近頃の若い人の好みに沿っているようだ。

ハンバーグ、スパゲティ、肉のしょうが焼き、鳥のから揚げ、ラーメン、焼き肉というふうな、外で手軽に喰べられるものが好みらしい。喰べているうちに舌が馴染んでしまうということもあろうけれど、主婦乃至母親が、あまり料理を作らなくなったせいもあるんだな。

アメリカ映画を見ていると、ハンバーガーやサンドイッチばかり喰ってるようで、食生活の貧しさを感じるが、若い人たちの目にはそうは映らないのかもしれない。

私のような戦争中の餓えの時代に育ってきた者から見ると、若い人たちは食物を恋うてない。感動をもって喰べていない。それが不思議だ。

もっともね、私の父親の世代と、私どもとでは、やっぱり食生活にもかなりの懸隔があった。親父は生野菜を喰わなかった。トマトも嫌がった。西洋野菜など青臭くて嫌だという。味噌汁と豆腐、お新香、これさえあれば文句はいわない。客が来れば牛鍋。

バナナは、はじめて喰ったときの味が忘れられない、といって晩年まで好物だった。

私は父親の世代の喰い物も好きだし、新らしい料理も好きだ。餓えの時代を通過したおかげで、和洋折衷、なんでも喰う。そのために肥りすぎていけない。とはいうものの、今の若い世代におなじみの、安油で揚げたチキンや、じゃが芋の粉を固めて揚げたフライドポテトや、ハンバーガーを喰う気にはなれない。なぜ、と訊かれても、まァ気が進まないからさ、というしかない。カミさんは、ときどき、フライドチキンの紙箱を買ってきて、O青年と一緒にむしゃむしゃやっていることがある。そういうとき二人はとても仲むつまじく見える。たかがフライドチキンで、私は孤独の淋しさを味わうのである。

鰍《さんま》の贈り物

ひさしぶりで豊饒な喰べ物を味わうことができた。神吉拓郎さんから送っていただいた丹波の栗と栗焼酎である。昨年の秋、なにかのことで、穫れたての栗がいっぱい詰まっている中に、古丹波の壺がおさまっている箱をいただいた。その壺の焼酎が凄い。栗の風味で一段とまろやかになった焼酎を、絶世の甘露、と思いながらひと口ずつ味わった。

その後、神吉さんとお目にかかるたびに、思わずこの焼酎のことが話題に出てしまう。これではおねだりしているようなものだぞ、といつもあとで反省するのだが、それでも口をついて出てしまう。

はたして神吉さんは気にされてお手配下さったようで、どうも恐縮してしまう。

焼酎は、酒好きの客人が来たときのために大切にとっておくことにして、まず栗をいただいた。ポクッと歯で噛んで二つに割り、スプーンで掬《すく》って、二粒で堪能した。相当な喰いしんぼうで大食の私が、こういうことは珍らしい。もういい、じゃなくて、本当に満喫したのである。今年の秋は、これで充分に味わった。もうなんにもいらない、と思った。

知人から物を頂戴するのはありがたいし、それが大好物なら小躍りするほど嬉しいが、そのお返しに困惑する。神吉さんは食通としても有名な人だし、たいがいのものは、召し上っているだろう。そこの隙間を突いて、おや、というものを送りたい。

困惑と記したが、それであれこれと頭をなやますのが、また楽しいのである。

デパートの贈答品売り場に出かけて形式的にすます、なんということだけは避けたい。けれども、世間で評価の定まっている逸品などは、この場合かえって気がきかないことになろう。大仰で高価すぎるものもなんだか泥臭い。

高からず安からず、有名すぎていかず邪道すぎてもいけない。そのあたりをヒラリとかいくぐって、ほほう、というようなものが、どうも思いつかない。

若い頃のようにあちこち飛び廻っていれば、ひょいと眼に入ってくるのであろうけれど、近頃めったに出歩かないのでそういうアイディアのストックがない。

永六輔さんが、そういうことは眼くばりが利いていてうまい。旅が多いせいもあるが、各地のほんのちょいとした、しかし珍重すべきものを句会などでくださる。もっともある年の忘年会のプレゼントごっこでいただいた巨大な男根の焼物は、本棚の本の重石代りに身辺においているが、仕事場に女性が入ってくると、すばやくとりかたづけなくてはならぬ。この前の引越のとき、カミさんが壁に絵をかけようとして、金鎚代りに男根を握ってガンガンやっていたのを思い出す。

待てよ、つい先日、福島県の小名浜港で、荷揚げされたばかりの鰍《さんま》の刺身がうまかった。ちょうど秋のものだし、あれをアイスボックスに入れて陸送させたらどうだろう。鰍は下魚だが、しかし新鮮で、うまい。夜明けに穫れたものを一日で運んでくる。

ただ、現地に知人が居ないから、私が出向かなければならないが、坐ったままで品物を送るなら、デパートで用を足すのとかわりはない。

上野から急行で、往復五、六時間くらいか。小名浜港に行って、鰍を頼んですぐ帰ってくる。この思いつきをなかなか気に入っている。まァ、毎日あくせくと働かねばならない身分だから、うまくタイミングを計っているのであるが。

贈り物のアイディアが浮かんでくるとそれにつれて、あそこへもここにも送ってあげたいという人が頭に浮かんでくる。

これも、考えているのが楽しい。

深沢七郎さんは大尊敬する先輩で、いつも私の気持の中に在るのだけれど、埼玉県の人里離れたラブミー農場にいらっしゃるので、どうもご無沙汰になってしまう。

このお方も喰べ物がうるさい。単に美味を愛するというよりは、ご自分のこれまでの越し方の中で気に入ったものに執着をされる。肉類は召しあがらない。魚も、ほとんど手をつけないのではなかろうか。故郷の山梨の河魚に興味がおありだと伺ったことがあるので、いつぞや栃木の天然鮎をお送りしたことがあるのだが、やはり喰べていただけなかったらしい。

佃煮は、浅草にお気に入りの店があって、そこのしか召しあがらない。しかしこれはご自身で買い整えてしまわれる。

酸茎《すぐき》が喰べたい、といわれていたことがあるが、ご自分の農場で苦心して京都産のものに匹敵する酸茎を作られたそうで、本当に好物ならご自分で工夫されて手に入れてしまうから、脇から送る隙がない。

味噌も自家製だし、梅干も作られる。心臓の持病がおありなのに、塩辛いものがお好きで、お身体のことを思うとためらわれもする。

しかし、鰍はどうだろうか。故郷の山梨も山国だし、今の埼玉も海がないから存外に珍重されるのではないか。それともやはり手をお出しにならないか。

ひょっとしてまた、あたしは喰べないけどね、どうもありがとう、などいわれるかもしれないのを承知で、送りたくなってくる。

鰍に、カボスの箱など添えてみたらどうだろう。

吉行淳之介さんが、鱚《きす》の生干しをうまそうに召しあがっているところを、酒場で拝見したことがある。鰍はどうだろうか。まさか、喘息にさわるなんということもないだろうが。

野間宏さんは関西のご出身、安岡章太郎さんは高知のご出身で、ともに鰍などお歯に合わないといわれるかもしれないが、そういうスリルが含んでいるとなると、なおさらお送りしたい。

ひょっとして喜んでくださるかもしれない、と思えるのは山口瞳さん。

まだお送りもしないうちに、こんなことを雑誌に記して、もし実現できなかったら大恥をかくことになるのだが、どうも空想するほどに楽しくて、あとからあとから先輩知人たちのお顔が浮かんでくる。

武田百合子さんも、なんとなく喜んでくださるような気がする。武田泰淳さんの未亡人で、随筆家としても定評のあるお方だが、私はこの人を日本一の魅力的な女性だと思っている。

津島佑子さんはどうだろう。鰍、お好きだろうか。お嫌いかもしれないが、どうしてもお送りしたい。私はこの人と、泉鏡花賞の同期生で、それ以来、叔父姪みたいな交際を続けている。

彼女はとてもすばらしい作家に成育した。お父上の太宰治をしのぐ勢いだ。しかし昨年、愛児を失くされて、心の傷は深い。私もその愛児を国技館に連れていって抱いていた覚えがある。慰める言葉もないままご無沙汰していたが、鮴が少しでも慰めになってくれればいい。

犯人になる気持

山口瞳さんは、たとえば霧島と小錦の相撲をTVで観ていて、小兵の霧島になったような気持で身体が動いてしまうという。そうして夢の中でも小兵の力士になっていたりするそうである。思わずニヤニヤしてしまうが、私にもそういうところがあって、力士になった夢を見ても、絶対に、千代の富士や大乃国にはならない。なんだか貧弱で、いくら努力しても大関横綱はもちろん、入幕も怪しいという平凡な力士に、自分がなっている。

入幕も怪しいというけれど、相撲社会で幕内にあがるのは大変なエリートで、何十人に一人というところだろう。街で喧嘩して、それが素手同士であっても、プロの力士の三段目以上なら、凶器を持っているのと同等のことにみられるのだそうだ。

けっして下級の力士をなめているわけではないが、夢の中ではなんだか鬱屈して、そろそろチャンコ屋でも出すことを考えたりしている。

それでもヒーローになりたい気持もあって、大相撲の末、大敵小錦を倒したりして満場の拍手を貰ったりする。もちろん夢の中でだ。ただ、その場所の白星はそれ一つだけで、一勝一四敗だったりする。

一勝一四敗で、黙々として花道をひきあげてくる、そういう経験を何度でもしたい。現実にするとなるとちょっと困るが、微妙にあこがれているのだ。

こういうことは、誰にでもあるのだろうか。それとも、性格的に偏《かた》よりがあるので、そうなるのだろうか。

昔、いや今でもその傾向が残っているが、犯罪があると、すぐにその犯人の方に感情移入して、自分がその犯人で、もうどうにもならない状態が乗り移ってしまう。特にその犯人がまだ検挙されず、徐々に追いつめられたりしているときに、その気持が濃くなる。べつに味方をしているというわけじゃない。ただ、自分が犯人だという気がするだけだ。

なぜだか、大迷惑をかけられたり、殺されたりしている被害者の方に感情移入する気持がすくない。被害者の立場は自分らしくないような気がする。いったんは加害者で、そのため社会から孤立して鼠のように追いつめられて捕まる、というのが自分のコースのように思う。

子供の頃は、自分もきっと将来そういうふうになるので、予感のような実感が濃いのであろう、と思っていた。

これも矛盾しているが、犯罪をする実感はあまりない。犯罪をしてしまったところから、急に実感が出てくる。そうして、犯罪行為をする前の、ごく平凡な市民の一人だった自分にもう二度と戻れないのが絶望的で、なやみ苦しむ。

昭和二十年代だが、小平義雄という強姦魔が捕まった。強姦という行為は、できれば一度やりたいが、私にはまちがってもできそうもない。闘争心がそこまでなくて、へなへなになってしまう。小平という男も、戦地での異常な体験があって、その異常さから気持が離れないまま、あんなことをやってしまったのだろう。

にもかかわらず、他人事ではない気がする。

署内の隅っこで、刑事たちにとりかこまれながら、冷めかけたすき焼きの鍋を、一人黙々と突ついている小平の写真が新聞に出た。次々と自白して調書も終ったあたりで、どうせ死刑はまぬがれない小平のために、好物を喰べさせたのだという。

美味な物とはいえ、束の間で口の中を通り越してしまう肉片を、今生の最後と思って噛みくだしている夢を、すぐに見た。

大久保清のときもそうだ。深夜、ギザギザで奇っ怪な形の妙義山中で、月に見られながら穴を掘っている夢を見る。

誘拐事件が起きてもそうなる。犯人の非道さを心得ないわけではない。万に一つも望みのない馬鹿なコースであればあるほど、なぜか他人事でない。

犯人を糾弾するのが至当と思うが、自分はその群衆の中に居ない。頭からかぶっている上衣の涙に濡れた感触などを自分も味わっている。


ときどき私も、ゆったりとした気持のいい空想を楽しもうと思うことがある。

自分が王さまになった夢。

吉永小百合になった夢。

豪華船で世界一周でもしてる夢。

空想ならどんなことだってできるはずだ。ところが、駄目なのである。

四十歳くらいの頃、私は急に肥った。その前から髪の毛もうすかった。

空想で王さまになっても、デブでハゲであるところがそのまま残っている。加賀まりこのような女の子から、

「デブでハゲで、おまけにステテコまではいていて!」

なんて罵《ののし》られている。

私はマゾッ気が強いのだろうか。

たとえば、酒場に行くとする。知っている店でも、知らない店でも、どちらでもいい。その店が空いているとする。

近頃、酒場は、よほどの美妓を大勢並べている一流店か、実質的に安くて便利な大衆店でもないかぎり、空いていることが多い。不景気でもあり、忙しいしベッドタウンも遠い、酒場で

夜をすごさなければならぬということもない。

そうすると、とたんに店側に感情移入をはじめる。傭人が何人でこれだけの坪数だと、大変だろうなァ、とか、それではせめて此方がサービスをしなければなるまい、などと思う。

自分たち一組しか客のいないときは、誰かくるまで出るに出られず、場つなぎをしている、という客は多いから、誰しも店の立場になってなやむのだろう。

私の場合、そのうちに電話をして知人を呼んだりする。そうして、誰かを呼ぶのは店のあしらいがわるくて退屈してるのではないか、と思わせないために、弁解したりもしなければならない。

こういうのは、マゾッ気とは関係ないのではないか。

混んでくれば混んできたで、なるべく早く退散して他の客に席をゆずろうとする。

そういえば肥りかけてきた頃、酒場で力士にまちがえられたことがあった。私は浴衣で下駄ばきだった。

「おい、鶴ヶ嶺――」

と若い酔客がしきりに声をかけてくる。

「返事しろ、鶴ヶ嶺、お前は鶴ヶ嶺だろう」

「ちがうよ、人ちがいだ」と私はいった。

「かくすな、おい、――」

深夜で、その客と私の他は、老女のママだけだ。

「俺がヤー公だと思って、なめてるな。おい、相撲とりなんぞ怖くないぞ。外に出て一丁やってみてもいい」

私は困った。先方は一人でいきりたって、どうしても勝負をつけようといってきかない。店で暴れられたらわるいと思って、八方手をつくしてその客と仲よく呑んだ。ようやく彼を帰して、ママと、親戚でもないのに呑み直した。

前科者少女歌劇団

近頃読んだ本の中では、〝塀の中の懲りない面々〟（安部譲二著　文藝春秋刊）というのが痛快で面白い。

何度でも出たり入ったりする府中の再犯刑務所の中の面々をユーモラスに描いたもので、懲役で入るたびに、運動時間になるとバレーボールに精を出す石さんという男は、将来はママさんバレーの監督になりたいのだという。バレーのスターじゃなくて、監督というところが、肩身のせまい自分を意識した可愛い望みかと思っていると、ある日こっそり真の計画を打ちあけてくれた。

「皆知らないけど、臼みたいなおばさんばかりじゃなくて、ピチピチした若奥さんもずいぶん居るんだぜえ」

そんなふうな男たちがたくさん登場してくる。刑務所がこんな雰囲気なら、一度自分も入ってみたい、と思う人たちも居るだろう。

まァしかし、これは著者の筆の力と事実を足場にした想像力のせいであろう。だって、刑務所経験のある人はゴマンと居るが、今までこういう読物を書いた人は居ない。

というのは作者の安部譲二自身が、若い頃、あの安藤組の若い衆で喧嘩三昧、前科何犯という人物なのである。以前、青山にあった〝ロブロイ〟というジャズハウスのオーナーでもあって、私も前から名前はきいていたのだが、今度はじめて会って、大兵肥満、ヤーさん特有のダミ声、実にどうも、どこから見ても元ヤクザにしか見えないという人が窮屈に膝を折って、でんぐりかえしでもするように深々と頭をさげるので驚いた。

「お初にお目にかかります。安部譲二という駆け出し者でござんす」

「これはこれは、当方も前科者で、但し、ばくち前科しかなくてお恥かしい」

たしかそんなふうな挨拶をしたような気がする。

一見したところは元ヤクザにしか見えなかったが、書いた物は神経が細やかで心の優しさが一本とおっている。そこいらが並みの読物より品格を一つ備えている。これからもいろいろなエンターテイメントを書いていく人であろう。

私の知人たちの中にも、ちょくちょく刑務所のお世話になる人が居て、そのたびに、あそこは大事なところだから、よく見たりきいたりして、出所したら、もう二度と奴は入れてやらない、といわれるほど刑務所のことを書いちまえよ、とはげますのだが、なかなかそういう快男子が現われなかった。

前科者というといかにも悪人のようだが、ほとんどは単純犯罪で、世間には法律にひっかからないもっと悪い奴がのそのそしているのである。それに、刑が確定し、お務めを果たした時点で、その件にケリがついているのだから、必要以上にこそこそすることはない。大威張りで、というほどでなくとも、もっと明るく行こうじゃないか。

この本でも触れているが、一度、刑務所に入った人たちのうち多くが、再犯を犯すという。前科者の生きる筋が限られているという傾向はよろしくない。

花柳幻舟が、栃木の女刑務所を出所するとき、そういうときというものは淋しくちゃいけないと思って、弁護士と一緒に出迎えに行った。幻舟とはお互い無名に近い頃からの古い友人で、友人というものは、いかなるときでも、同じ態度で接するものだと思ったからだ。

実際は、テレビカメラが来ていたりして、彼女は凱旋将軍のごとく出所してきたのだが。

その帰途、河原で昼飯を喰いながら、

「これからは、前科者としてはずかしくないように生きていかなくちゃ駄目だ。まちがっても防犯劇なんぞやっちゃいけない」

といったら彼女が大笑いしたことをおぼえている。

そのとき女刑務所のことをぽつりぽつりきいているうちに、ふと思いついて、

「それじゃア前科者ばかりで、劇団を作ったらどうだろう」

といった。女性は特に前科者になると気持も暗くなって、どうしても裏道を行くようになる。そのくらいなら開き直って、前科者を売り物にして生きるというのも一策ではあるまいか。

「防犯劇なんかじゃないよ。前科者でなければ参加できないんだ。つまり逆エリートの集団なんだな。それで本当の庶民劇をやると、案外面白いかもしれない」

女刑務所には若い女性も多い。ときどき所内で演芸会など開いて、皆楽しそうに唄や芝居の稽古に精を出すという。

「しかし女ばかりで、男の役はどうするの」

「皆やるのよ。男役のうまい人だって居るし、老け役もできるし」

「あ、それはいい。女ばかりのミュージカルもいいね。前科者少女歌劇団というの。宝塚みたいに、附属の音楽学校が栃木にあって、そこを出ないと入れない。で、刑務所に試験があって合格するのがむずかしいんだ」

「そうねえ、だけどあたし、前科者でも子供を捨てた女と、賄賂をとった役人は絶対に仲間に

入れてやらないよ」

「それはいいが、家元になったりしちゃ駄目だぜ」

空想はいくらでも伸びる。近頃は、交通刑務所なんてのもあるから、いろいろの人材が居るはずで、スタッフの方も揃うはずだ。手近なところには長谷川和彦なんて酔っぱらいも居る。

そういえば、前科者ではないが、〝ふるさとキャラバン〟※という秀れたミュージカルチームがあって、和製の、というより農民の生活をテーマにした創作ミュージカルをやって地方を廻っている。

これはとても優秀なチームですよ。大劇場でやる和製ミュージカルなんて見られたものじゃない。ただ、難点は、いつどこでやってるのか、よっぽど注意していないとわからない。

彼等は公民館などでもやるけれど、文字どおりキャラバンしていて、畑の中なんかでも即席の舞台を作って演ってしまうらしい。皆、(といっても四、五人だが)無名の若い人だけれど、不思議に鍛錬されていて充実した舞台を見せる。

役者だの芝居だのなんてものも、昔のように専門家のやるものではなくなってきつつある。これからどんどん新しい形になっていくだろう。

もちろん前科者という変った名称だけに甘えてはいられない。普通の人以上の努力が必要である。けれども、ほとんどの場合、本気で努力できるものがみつからないで、裏道を行くので

※1983年創立のミュージカル劇団「ふるさときゃらばん」をさす。

ある。

何をやっても生きてだけはいけるけれど、何をやったらいいかわからない、という若い人たちが多いのではないか。

そう思うと、この思いつきを実行したくもなるけれど、さてとなるとなかなか面倒で、空想の範囲を出ない。

安部譲二著〝塀の中の懲りない面々〟はかなり売れていて、ベストセラーになっているそうだ。こういう形で前科者の印象が、少しずつ変ってくるかもしれない。

シャレと本物

昨夜、パン猪狩さんの〝裏街道中膝栗毛※〟という本（滝大作さんが聞き書でまとめたものだ）の出版記念会が新宿であった。

パン猪狩といっても知る人ぞ知る芸人で、知らない人はさっぱりご存じあるまい。テレビに出ないから。しかし、芸界では誰でもが知っている大師匠で、その道のドンみたいな人だ。ドンだけれども、めったに表側に出ない。たくさんギャグネタを考えだすが後輩にくれてやっ

※正式書名は『パン猪狩の裏街道中膝栗毛』。

てしまう。レッドスネークカモン——のショパン猪狩（弟さんだ）も、早野凡平の帽子のお笑いもパンさんのネタだ。その道の噂によれば、帽子のネタは五百円でゆずったことになっている。日劇の大道具出身で、若い頃からドサ廻りやなにかで苦労してきた。パンさんの話をきいていると、あまり苦労してないで、のん気にハメをはずしてばかりいたようだが。ハメがはずれていて、ノーテン気で、上昇志向なんかこれっぽっちもなくて、しかし、意外に真摯で、品格が高い。私はこの人物に前からほれこんでいる。けれどもその魅力を伝えるのがむずかしくて厄介だ。

この本の中に、パンさんの若い頃の経験として〝防犯劇〟というのが、記されている。これがケッ作だ。

終戦後、日本中の小屋主が一番嫌がったのが、共産党と防犯劇だそうだ。特攻隊から帰ってきた連中を、ヤクザの親分が集めて造った劇団で、演《だ》し物は、こういうことをすると刑務所行っちゃうよ、という筋書きのもの一本しかない。

演題は、「清水定吉」。はじめに按摩が出てくる。「冷えこむのぅ——」というセリフ。「じゃこれから、一稼ぎして帰ろうか」

すると巡邏《じゅんら》が出てきて、持っていた六尺棒が按摩にぶつかる。よろめく按摩に、

「あッ、按摩さんかい、大丈夫かい」

「へぇ――」

「生まれ故郷はどこだ」

なんてまるで関係ないことをきいて時間をつなぐ。そのうち不意に、

「ムッ、ちょっと臭えな。手前はピストル強盗の清水定吉だな――！」

「見破られたか――！」

てんで按摩が南部式ピストルを出す。これはほんものだ。

ここまでで芝居は終り。ここから先は造っていない。見物席に居たサクラが、ダイコン！なんて声をかける。

さァここで座長の顔色がさっと変って、幕だっ、叫ぶと、そのとたん、男たちが大勢出てきて出口という出口をみんな押さえちゃう。

紋付に着かえた座長が再登場して、

「私たちは専門の役者ではない。しかし命を張って一生懸命やった。それなのにダイコンという声が客席からきこえた。これは許しがたい」

演説をぶっていると、若い衆たちが舞台にかけあがって、

「先生、勘弁してください、みんなオレたちがわるいんです――」

彼等は墨でクリカラモンモンなんか描いている。客席に向かって、

「誰だ、ダイコンなんていった奴は！」

それから止め役が出てきたり、殴られた若い者のお母さん役までいる。

結局、代議士という役が、モーニングなんか着こんで出てきて、決着がつく。ドブロクよこせ、米よこせ、という話になり、村の青年団と手をしめて、終り。

パンさんは喜劇なので、全然役がつかずに楽屋で眺めていたらしい。

古い芸人や浅草に所縁の人たちが集まっていて、パンさん独特のムード漂よう不思議な出版記念会だった。宴半ばにして、パンさんが立って謝辞をのべる。

それが例によって舞台の捨てゼリフ同様、抱腹絶倒なのだが、どこまでも終らない。そのうちに、ちょっとセリフが途切れたと思ったら、胸のところを押さえて、水、水——、といいだした。

栄子夫人がコップを持って駆け寄ると手真似で、スピーチの続きを代ってやれという。

シャレだと思っていたのがそうでないとわかって、救急車を呼ぶ騒ぎになる。

おかげでそのあとスピーチに立たされても、

「今は亡きパンさんは——」

とか、

「パンさんを偲んで——」

とかいう人ばかりで、やっぱりシャレにしてしまった。

そのうちにこちらも酔ってくる。ドクターストップなど糞喰らえ。

いつのまにか、滝大作さんと小松政夫さんと三人で、寿司屋の卓をかこんでいる。

「そんな奴は居ない、と皆いうんだ。今のテレビ局の奴等はな」

と滝さんが叫んでいる。

「でも、俺はそういう奴を見たよ、という。誰も信じない。だから、皆が納得するような番組ばかりになっちゃうんだ」

滝さんは以前NHKに居て、「お笑いてんぷく劇場」※の演出家だった人だ。

「小松！　世の中には不思議で信じられないようなことなんかたくさんあって、そいつを自然に見せられるのはコメディアンだ。そんな不思議な奴は居らん、なんていっちゃ駄目だぞ。どんな変った奴でも隣りに居るように工夫してやらなくちゃ」

滝さんもかなり酔っぱらっている。

「この前ね、へんな人を見ちゃったんですよ」

と小松政夫さんが膝を乗り出した。

「ロケの帰りにね、田舎の御飯屋さんがあったんで、皆で入ったの。腹はへってるし、ガラスのショーケースに、鯖の煮つけだの、がんもどきだの入ってて、各自で好きなものを取ってくるの。うめえや、かなんかでパクついていたら、あとから中年の客が一人入ってきてね。おばさん、飯、っていうんです。はいご飯と、お菜は何？　飯だけだよ、味噌汁もお新香もいらな

※バラエティ番組『お笑いオンステージ』の人気コーナー「てんぷく笑劇場」をさす。

いの。ああ、飯だけ――」

滝さんも私も黙って、小松さんの仕方話を眺めている。

「飯がくるとね。その客、耳にはさんでいた煙草に火をつけて、うまそうに一服吸うんだ。それで、飯だけ口いっぱいにほおばって、むしゃむしゃやってるの」

それから小松さんは、パントマイムで煙草を一服――。煙と一緒に御飯をむしゃむしゃ、をくりかえした。

短かくなった煙草を、チッチッと吸いまくって、ドンブリをかっこんで、それで、飯を平らげると、

「ごちそうさん――!」

滝さんも私も笑い出した。

「どう見ても、煙草をおかずに飯を喰ったようにしか見えないんだよね。でもテレビ局は、そんな奴居らん、というにきまってるよ」

小松政夫の至芸は、居らんどころかありありとその人物を描写して、実に面白かった。

柿喰う秋の夜

今年はよく柿を喰う。あの甘さと冷めたさがとてもいい。もっとも昨年まではシーズンに一つか二つ口にするだけだった。よく考えてみると、奥歯があらかた無くなって、少し柔らかめの樽柿が、ちょうど前歯でぷつぷつ嚙む感じがよくなったのである。

前夜から今朝にかけて、食卓の上に出ていた柿を、一人で皮を剝いて、四つ喰う。その他に金沢・森八の最中を一個、冷たくなったすき焼の残りで飯二杯、蜜柑二つ、その間にナルコレプシーの常用薬を何種類もがっぽりがっぽり喰べる。五十七の男としては、まさに暴食だ。それで昼間はソバ一杯くらいしか口にしない。

私のカミさんが、昼間は何も喰わずに深夜になると四度くらい食事をするようなことをやっていたが、その病気がすっかりうつってしまった。

そこへ園山俊二さんから電話あり、おいしい故郷の柿をお送り下さる由。

すると例の預かり息子のO君がいう。

「園山さんの故郷は山陰でしょう」

「そうだよ。松江だ」

「あっちの方で柿ができるんですか」

「――比較的寒いところならどこでもできるよ。種類もたくさんあるし、それぞれの土地に自慢の品ができるんだ」

察するに、近頃学校で教わる知識ではどこそこという産地の名を知って、そこだけ孤立させて覚えるらしい。そんなものは単なる知識で精神とはなんの関係もないというものの、その知識も非常に浅薄な概念のところで動きがとれなくなっているようだ。

もう四十年も前の敗戦直後の頃のことだが、喰う術がなくて、果物を産地に行って背負って来ては東京の路上で売っていたことがある。柿は、東北本線で、朝の五時前に上野を発って、福島県の二本松あたりまで買いに行った。晩秋の頃だから寒い。それに見知らぬ土地で知人も居ない。

買出しというものは、当時、どこでも都会の買出し人に荒らされて、駅周辺の農家ではどこも売り渋るようになっていた。農家もすれてきて、タクシーの乗車拒否のような按配になる。無理もないのであるが、せっかく頭を下げて頼んで邪慳《じやけん》にされるのは嫌だから、人の行かない奥地へ入ろうと思って、いくつも森を越えて行った。

これ以上奥に入ると、東京へ戻って路上で売る時間がなくなるというあたりでおずおずと一軒に入った。

「柿かい――」

と出てきたその家の主人が、物置きの戸をあけて、焼酎で漬けた樽の山を見せてくれた。

「今、出荷できるのは、このくらいしかないがね」

彼は、私が貨車で買いに来たと思ったのである。

結局、リュックと布袋に一杯詰めて背負い、両手に一つずつ樽を曳きずって帰路についた。蝸牛《かたつむり》のようにのろのろと、駅までの道を休み休み歩いた。その重さが厄介だが、まるで全財産を持って歩いているような充実感があった。

そういう話をO君にしようと思ったけれど、よほどうまく話さないと実感が伝わらないようにも思えてやめた。


最近、仕事の隙を見てやるギャンブルが、競馬も競輪もいずれも好調で、気味がわるい。もっとも私は、誰かがそばについていてくれれば比較的体力を使わないですむ群衆ギャンブルは、昔からわりに強い。

「これだけやっていた方が、仕事より楽に儲かっていいですね」とO君。

「喰うだけなら、それでいいんだがね。やっぱりそうもいかない。人間は仕事らしい仕事をしたくなるもんだ」

「でも誘惑でしょう。ギャンブル一本でなんとか行けそうだという思いは」

「考えてみるとその誘惑を払いのけて仕事をしてるんだから、せめて、ちゃんとした仕事をやればいいのにね」

どうも近頃は、体力がますます落ちたせいか仕事が消極的になっていていけない、と反省する。

某夜、銀座の小さな酒場に居たが、雨のせいか客足がわるい。そこでママと賭けをした。

「今度入って来る客が、誰か当てよう」

「個人名を当てるの——?」

「ああ、たった一人だよ」

「当らないわよ。うちだって何百人も常連さんが居るんだから」

「宝くじみたいなものだ。当ったら一万円」

ほとんど常連ばかりの店だが、曜日だとか時間だとか、いろいろと推理の手がかりはある。

ママは考えた末、長友啓典さん、といった。私は、山田邦子さんをあげた。

「アラ、邦子ちゃんは忙がしいし、この店にそう何度も来てないわよ」

「大穴だよ」

魔の刻というものがあるもので、しばらく誰も入って来ない。

そのうち私にも功名心というものが出てきて、やっぱり穴でなく、わりに頻繁に来る人に変えようかと思った。

「今なら変えてもいいだろう。大穴はひっこめるよ。——井上陽水にする」

そういったとたんに、山田邦子が顔をのぞかせた。私をはじめ、店じゅうが、キャー、とぶっ倒れた。

「ああ、一万円助かった。恐ろしいわね」

とママがいう。

私は笑いながら、これでいい、と思った。もちろんお金の問題ではない。こんな、なんということもない遊びで運を使ってしまうと、ますます仕事運が減ってしまうような気がしたからだ。


それでお世辞を使うわけでなく、本心からだが、山田邦子はとてもかわいい娘さんだ。顔とか姿態とか、そういうことよりも、内実がかわいい。（もちろん外見もだが）ツルリとしていて産毛が生えていそうな頰から顎にかけての線がとてもいい。

テレビでだけの印象ではそう思わない人も居るかもしれないが、タレントずれのようなところがまったくない。初心で率直《ヴイヴイツド》で優しくて気持が健全だ。なによりも、男とか女とかタレントとかの以前に、人間を感じさせるのがいい。

それでいて、一本、強靭な根性を持っている。いかにもテレビ向きで、同型タレントが居ないわけではなかった。むしろ消耗品として若いうちだけ使われそうなタイプでもある。それが消えるどころか、じわじわと大きくなってきた。やっぱり豪《えら》いところを持っているのだろう。

若々しいけれど、彼女ももう二十六歳だという。デビューしてから六、七年はたっているのか。

彼女、いいお嫁さんになると思うのだけれど、たった一つ、欠点がある。それは収入が高いことだ。収入の高い女が、ちゃんとしたいい男をみつけるのは、本当にむずかしい。邦子ちゃん、それでも君はきっとみつけるよ。早くいいお嫁さんになっておくれ。

上野の杜の下

入院している知人を見舞った帰り、ひさしぶりに上野を歩いてみた。どうも、あいかわらずおちつかない街で、人間が皆一方向にそそくさと歩いている(ように見える)。

もっとも私にとってはなつかしい街で、敗戦後の一時期、ほとんど我が家の庭のようにしていた。私自身もうろうろと小忙がしく飛んで歩いていた頃で、だからおちつかない街とうまくフィットしていたのかもしれない。

上野は東京の裏玄関、と昔からいわれている。玄関で暮す人が居ないように、店舗は派手派手しいが、住民の匂いがしない。時間が来ると店に鍵をかけて、皆どこかへ帰ってしまうのではないか。

パチンコ屋、B級キャバレー、飲食店、そしてアメ横。なんだかけばけばしくてあわただしい。おちつかなさと一緒に、じっと動かないものが同居している。その動かないものは、かつての浮浪者のように坐りこんだままだ。上野は、東京の盛り場の中でも、もっとも戦後の感じを色濃く残している。

いつだったか、グラビアの写真撮影のために上野の地下道に入ったことがある。地下道も面目一新、どこもかしこも塗り変えられて、飲食店も賑々しく並んでいる。が、カメラマンにポーズを求められて、地下道の壁によりかかったら、まぎれもない浮浪者の臭いがぷうんとただよった。一度しみこんだものは、洗っても塗ってもなかなか落ちやしない。

あの浮浪者の臭いは、一言でいえば、下痢便の臭いにほかならない。冷えたコンクリートに寝るせいで、皆、慢性の下痢になってしまう。私もちょこちょこあそこで横になっていたから、よく知っているのである。

浮浪者は銭湯に行くと嫌われるものだから、深夜、上野の山内の博物館前の噴水の池や、不忍池などに行って、こっそり体を洗うのである。すると読物新聞が、夜な夜な不忍池に現われる裸の天使、などと煽情的なタイトルをつけて読物にした。

上野の山の方はおカマの縄張りで、夜になると異様な風景だった。当時のおカマは、今日のゲイバーのようなシスターボーイ風でなく、女装が多かった。ここを舞台にした〝男娼の森〟という本が売れ、伴淳が浅草で、本物のおカマと一緒に舞台化したりした。警視総監が上野を視察中、おカマに殴られた、というのもこの頃だが、今のお若い方はもうご存じあるまい。

上野はどうしてかトンカツ屋が揃っている。ひさしぶりに松坂屋裏の蓬萊屋でカツにビールと思ったが、もう七時を廻っている。なにしろあの店は、夕方チョコッと開いて、行列ができて、七時頃にはもう閉めてしまうから、時間に合わせるのが大変だ。

なんとなく小走りになって行ったが、あんのじょう暖簾《のれん》をしめた直後で、店内の灯をうらめしく眺めた。息せききってトンカツを追っかけてきて、しかもあぶれた恰好の自分を苦笑するばかりで、べつに腹も立たない。

この前、古今亭志ん輔に貰ったうさぎ屋のドラ焼がうまかったことを思いだして、探したけれどもその店がみつからない。腹はへるし、歩き廻って足が棒だ。

「——ほんとに?」

なんて相槌が、すれちがう娘がいっている。べつに疑がっているわけでも、反問しているわけでもなくて、軽い相槌なのだろう。うちのカミさんなども若ぶってよく使うが、どうもあまりゾッとしないね。

「こうなんだけど、そう思いません?」

なんていいかたもあまり好きじゃないな。どうして女の人は、右へ倣《なら》え式に日常語が同じになっちゃうのだろう。

「阿佐田さん、やっぱり上野を歩いてるんですか」

青年が声をかけてくる。いかにも麻雀放浪記の現場に作者が居るようで面白く見えるのだろう。

「上野のメンバーは味が濃いですか」

「麻雀かい。俺、もう打ってないよ。年だもの」

それにしても腹がへった。思いついてもう一軒のトンカツの名店ぽん太※に行ってみる。あいかわらずひっそりした店構えで、ガラス戸をあけると、客が二、三人。油鍋のそばの若い衆が、ああ、という顔で、

「今、火を落としたとこで、すいません」

「そうか、じゃ、またね」

住居が離れているので上野のトンカツもめったに喰べられない。しかし想いを他日に残すというのも悪くない。

以前はこういうふうに、小さな店構えで、限られた客を相手に、ひっそりかくれるようにやっているうまい店というものが、あちらこちらにあった。

今、そういう店が減ったな。ちょっと評判になると店を広げる。デパートに出店が出てくる。大勢の客が口福を授かって便利でよろしい。地方からの旅行客だって所在がすぐわかる。

でも、店というものは、以前はそれほど便利じゃなかった。第一、いろいろな性格の人が独自にやっているのだから、まず店側の都合というものが先にたって客はそれに合わせる。まずい店なら誰も合わせないが。

※上野の洋食店「ぽん多本家」のこと。

昭和三十年代に練馬にあった東亭という小さな中華料理屋さんは、

「ラーメンなんて、客にお出しするもンじゃありません」

といって、絶対にソバなんか売ろうとしなかった。中華屋さんでソバを否定するというのは珍しい。

そのかわり、水商売の女性なんかが出勤前の夕食に、カズノコが喰いたいなんていうと、隣りの寿司屋に行ってカズノコゆずって貰ってきて出したりする。

大体がこういうところは安くて旨い。ところが旦那が酒好きで、早く自分の酒を呑みたい一心。けれども全然店をあけないわけにはいかないから、夕方、暖簾を持って店の中で待機し、人通りが途絶えるのを待っている。

誰かに見つかると店に入ってきちゃうと思うらしい。人通りがないところをみすまして、表戸を開ける。

いつだったか、旦那が暖簾を持って出てきたところへ、我々が角を曲がって姿を現わした。旦那、びっくりして暖簾を持ったまま店の中へ逃げこんじゃった。

六時頃、そうっと暖簾を出して、七時半頃になると、もうやめたくてしようがない。客でも居ると不機嫌になって、おカミさんに怒鳴ったりする。

またこういうところのおカミさんがよくできていて、旦那の無愛想を埋めて、愛敬がいい。我々は、なにしろ安くて旨いから、皿数もたくさんとるし、お酒も呑む。したがって時間が長い。ときどき、調理場で、旦那が大きな咳をしている。

「帰れっていってるんだよな。そう簡単に帰るもんか」

そういう味を楽しみながら通うのも格別なのである。

こんな店が本当にすくなくなった。今はただ、便利なだけだ。

横浜、月夜、高速道路

寒い夜、横浜に居た。

ずいぶんひさしぶりの横浜だ。

この小文のために市中をうろうろ歩き廻ってみたが、以前にあった独特の情緒がほとんど無くなっていた。もっとも、街の情緒なんてものは、老人の抱くセンチメンタリズムだ。

外人墓地、ゲーテ座、港の見える丘公園。

観光客目当てらしい小綺麗なレストランやパブができていたが、季節はずれなのでどこもひっそり。でも公園には若いカプルが何組も居て、次から次と現われては消えていく。

ベンチ組は絶えず冗談を言い合っているらしく、笑い崩れてじゃれ合ってる。盗み聞こうというわけじゃないが、今日は防備が、という女の声。防備が、できていないのか、充分なのか。するとと男の声で、なんだ、安全な女なんて、つまらねえの。

たたずんで港を眺めている組は、夜景なんて、たいしたことないね、と背中がいっている。高速道路ができちゃって、街も港もズタ切れだものねえ。

「あッ、アパートの部屋の中が見える」

「ほんと、テレビを観てる」

「裏窓って映画があったなァ。あそこで今、殺人でも起きると面白いのに」

いずれにしても近頃の若いカプルは明るい。以前は、恋人というものは、例外なくうなだれて、思いに沈んでいたものだ。恋するということそのものが、周辺の日常性と折り合わないので、どうしても障害がたちはだかることになってしまうのだ。今は、あまりそうしたことがなくなって、かえって味気ないだろう。

港の見える丘、という戦後のヒット曲があって、その曲を唄った平野愛子は、私の生家のそばの八百屋の娘さんだった。何屋の娘だってよろしいが、まだ十代の私には、出世とか成功とかの典型のように見えたものだ。

当時テレビなどないから、実物の彼女は見たことがない。しかし歌手というものは、たった一人で、満場の客の讃美の視線を浴びるわけで（讃美者でないものはそんなところに行かないだろうから）多分、全能感を満喫するだろう。ナポレオンもヒトラーも果たせなかったような全能感を感受しているにちがいない。そうしたことは私にも想像できる。平野愛子が、その頃の私のシンデレラだった。

ところが彼女の実際の顔というと、いまだに判然としない。テレビ時代になった頃、彼女はもうほとんどブラウン管に現われなかった。それで、もうだいぶお年を召しただろう。

つい半年ほど前に、生家のそばを歩いていたら、瀟洒な白い洋館があって、門のところに、平野愛子歌謡教室、と記してあった。私は思わず、皇居の前を通るときのように、帽子を脱いで最敬礼をするところだった。

横浜の街とは、十五、六の時分から、いろいろな意味で交際がある。横浜大空襲の日も、中学をサボって、長駆、横浜花月というレビュー小屋に、夜までさなりこんでいた。それで命からがら逃げまどったものだ。

戦後は基地《ベース》でよくばくちを打っていたから、横須賀や横浜の盛り場はしょっちゅううろついていた。野毛の運河に浮かんだ舟の中で、ヘロインをやった記憶もある。あれは全身がむずがゆくなって、性が合わなかったので一度でやめた。

横浜はばくちの天国だった。東京はさすがに首都圏だし、取締りもきびしいので地下賭場が大げさにはびこるということはない。川崎や千葉では、客が打ち殺されて絶えるか、その逆に賭場の方が煮ても焼いても喰えない客たちに突っつかれて全滅してしまうか、どちらかだ。

横浜は底が深い。港町の持つ妖しい雰囲気のせいだろうか。人種が多様で、華僑を中心に独特の室内ばくちが栄える。やくざの勢力も強い。それに日銭の入る商人町ということもある。伊勢佐木町の裏通りに、親不孝通りという通称の通りがあって、ここは地下カジノやポーカーゲームの店が、イルミネーションを点滅させながら軒を並べていた。それから福富町。ひと頃新聞の社会ダネにもなって、もう今は、表側は完全に静まり、地下深く潜ったようだけれど、盛りの頃はおおっぴらでサンドイッチマンがカジノの客引きをやっていた。小さなスナックや呑み屋でも、スロットマシーンや競馬ゲームをおいていない店の方が珍しいくらい。スナックのくせに、水割りでもビールでも軽食でも、只である。それでゲームをやる。ゲームをやらない人には、何も出してくれない。酒もビールも、ゲーム代のサービスなので、売り物じゃないのだ。

それで、ゲームをおいてない喫茶店は、コーヒーしか呑ませない喫茶店、といって区別していた。

それで文字どおり親不孝な若者が蝟集《いしゆう》して、ディーラーと戦う。不思議なもので、そういう店でも、ガラ空きの所と混み合う所がある。サービスがちがうのだろう。夜ふけに、ぽつっと開いている店に入ると、誰も客が居なかったりしてさすがにちょっと不気味だったりする。

客ばかりでなく、ディーラーたちも若い男の子が揃っていて、今思い出してみると、あの男の子たちはどこで何をしているだろうと思う。

夜の遊び場ということばかりじゃなくて、私は昼の横浜も好きだった。昭和二十年代の後半の頃だが、今の新幹線の駅に近い三ツ沢公園のそばの軽井沢という町に、ちょっとの間住みついていたことがある。

軽井沢というくらいだから台地の上で夏も涼しげなところだが、古い家並みで高級別荘地というわけじゃない。でも、美人の多いところだった。

台地の裏の谷間を通る国道一号線の向うは森や畑が続いていて、乗馬クラブの馬を借りると自由に外乗ができた。このクラブには若かりし頃の桐島洋子さんも来ていた。

三ツ沢公園にはテニスやバスケットや野球などの競技場が散在し、若い人たちが汗を流して駈け廻っている。私は夜は港の方におりていってばくち、昼はスポーティで健全な空気に囲まれ、自分で自分の正体がわからなくなったものだ。

あの頃の馬たちももう亡いだろうし、森も宅地で埋まっていよう。高速道路が縦横に走り、コンビナートの煙突がどこからも見える。

レストランだかナイトクラブだかになっているらしい氷川丸が、マストに淋しくイルミネーションをつけたまま暗く浮かんでいる。ジャズのライブハウスでは若いトリオが楽しそうに演奏していたが、客は私たちだけだった。

外に出ると、人工の灯やビルと一緒に、満月が音もなく浮かんでいる。こういうときの月が怖い。原始そのままの自然の姿で、お前たち、変なものにごまかされるなよ、といっているようだ。

納豆は秋の食べ物か

十一月下旬の三の酉《とり》に、ぶらっと出かけてみましょうか、という話が担当のO嬢からあったが、とうとう出かけられなかった。

売文業は誰でもそうだが、十一月から十二月にかけて、もっとも忙しい。正月を当てこんで雑誌の種類が多くなるところにもってきて、正月休みがあるために〆切がくりあがってくる。だから忘年会というのもあまりできないし、クリスマスイブなんてものも関係ない。もっとも近頃酒を手加減しているから酒抜きの忘年会などちっともやりたいとは思わない。

私のように五十すぎの男は、お酉さまというと浅草から吉原にかけての夜道をすぐに思い浮かべる。鷲神社は方々にあるし、近年は新宿の花園神社もなかなかにぎわうようだが、以前は、お酉さまというと下町のもののように思っていた。

第一、桃われに結った下町娘が実にかわいい。当今は高速道路であッというまに往来《ゆきき》できるから、下町も山手も同じような雰囲気で、面白みがない。

浅草吾妻橋ぎわの中島という古い呑み屋は今でもあるかなァ。ここの後つぎ娘の、お酉さまの夜に撮った写真が壁にかけてあった、桃われに結ってだ。それが実に下町娘の典型美人で、ずいぶんかよったものだ。

どういうわけか、なかなか結婚しなくて、現実の娘はだんだん年齢を加えて、とうがたっていく。壁の写真の方はいつまでも若い。三十すぎて、彼女が複雑な視線を壁の写真に向けていたことがあった。

ところでお酉さまだが、私は行けなかったけれど、翌日、拙宅に立ち寄った誰や彼やから噂ばなしをきく。皆、けっこう行っているのである。

新宿の花園神社は境内がせまいが、けっこう葦簾《よしず》がけで呑み食いさせるような店もできるらしい。某氏、混雑の中で古い顔見知りのK組の幹部氏と出会い、

「まァ、ちょっと一杯、やりましょう」

かなんかで、満員の葦簾がけに連れて行かれた。

その幹部氏が、胸のあたりに片手をあげて、チラと振ると、まるで蠅が飛びたつように、若い衆たちがどいて、広々とした空間ができたそうである。

「すごいねえ。やくざの幹部ってのは。昔なら、あんな真似、殿さまかなんかでなくちゃできないよ」

というのが某氏の述懐。

ところで、やくざ者で思いだしたが、最近、盛り場に縄張りを持っているやくざ屋さんは、特におとなしくなった。

なぜかというと、パチンコ屋と契約して、景品買いをやっているとそれだけで充分に食えるのである。

嘘か本当か、私のきいた話では、皆、月給制になっており、かけだしの若い衆でも五、六十万。若頭クラスになると一千万ぐらい、親分で三千万くらいの給料だという。

だから、他のヤバイ仕事などやりたがらない。

おとなしく、そおッと、というのが彼等のスローガンで、へたなことをしてこの安定に水をさしては大変、俺たちはヤバイことはやらない、という由。

やくざ屋さんが月給制というのがおかしい。すると源泉税などもとられているのだろうか。厚生年金や失業保険はどうなのだろう。

文芸美術国民健康保険組合というところから、〝自然を食べる〟という小冊子を送ってきた。ぱらぱらとめくってみたが、まァ大体において結構な本ではあるらしい。

野趣のある食べ物が、季別に目次に並んでいる。秋の部に納豆がある。オヤ、と思った。なんで、納豆が秋の食べ物なのか。

預り息子のO青年が、妙に優しい青年だから、まだ見ぬ著者に同情をするように、

「それは、ですね。夏負けかなんかしてるところを、納豆の蛋白で回復させようとして——」

「それじゃ、夏に食べればいいじゃないか。夏負けしないように」

「夏は暑くてネバついてるでしょ。だから秋になってさっぱりしてから、納豆のネバネバを——」

「身体にこすりつけて、揉むのかい」

「だから、お米が新米になっておいしいから」

「ピーナッツ、ですか」

「目次に並んでる」

「新豆が秋に穫れるとか——」

「そうかなァ。俺の感じでは、新落花生というのが出回るのは、夏頃のような気がするなァ」

念のため、辞書をひいてみると、夏から秋にかけて、とある。

「それじゃ、これはまァいい。生姜が秋の食べ物だってさ。味噌をつけてたべる葉生姜は、あれこそ初夏しかない。俺は好きだからよく知ってる」

「葉生姜とは書いてませんよ。これは稲荷寿司の横なんかにある、あれでしょ」

「あれは根生姜だから、つまり、根だろう。根なんか一年じゅうなくちゃおかしい」

「どっちにしても、ぼくはあんなもの食べませんから関係ありません」

「にんにくが秋の食べ物だってさ」

「いちいちぼくにきかないで、著者にきいてください」

「でも、この本に理由が書いてないんだ。そうだ、季語の方で調べてみるとわかるんだろうな」

早速、歳時記を開いてみる。なるほど、ピーナッツの季語は秋だった。

「ふゥん、著者は季語の本を参考にして目次を造ったな」

「それじゃ、生姜もきっと秋のものでしょう」

「うん、生姜も秋になると、寝茎にうす黄色の新根が出てくるそうだ」

「わからんもんですね」

「そうじゃなくちゃ問題じゃないからね」

二、三日して、葉書を出したかどうか、O青年にきいてみた。
「葉書ってなんですか」

「ホラ、クイズの答、納豆は秋の食べ物か、という奴」

「クイズじゃありませんよ。本を見てご自分が調べようといったんです。懸賞なんかありませんよ。耄碌《もうろく》してるなァ」

「あ、そうか。じゃ俺から賞品を出そう。八百屋に行って、にんにくと生姜とピーナッツをたくさん買ってきてあげる」

「いりません。食べられる物がありませんから」

O青年は、キャベツとほうれん草以外の野菜はまるで食べないから、すこぶる迷惑そうである。

「冬の食べ物の方を見ましょう。すき焼かなんか出てませんか」

「カリフラワーは冬の食べ物だってさ」

O青年はまたいやな顔をした。

浅草の一夜

今、浅草が、意外に贅沢だという。

贅沢というのは個人によって感じ方がちがうので、どうもぼんやりしているが、ま、凝って気分を出しているというほどの意味か。

昔のように興行街は灯が消えたようだし、トルコの吉原も、一定の客しか集まらない。となると、呑み食いということになるが、うまくて安い店がけっこう増えてきた。

先週の日曜日、上野で列車をおりたので、ちょうど腹は北山、しめしめと思ってタクシーで浅草に行った。

腹一杯でむろんいけないし、空きすぎてもいけない。今食えば、ちょうど一番うまく食えるという腹具合があるものだが、いつも最良の条件で物が食えるとは限らない。

特に家に居ると、カミさんの奴がね、大きな声じゃいえないが、夕食は夕食、昼食は昼食と、概念的に荒っぽく食い物を出してくる。当方は不規則で昼夜のない人間だから、世間の食事時間に腹がへっているとは限らない。

もっともそれで文句がいえるほどの正当な論理とも思えないから、つい我慢してだまって食べてしまう。腹がへってないところにむりやりつめこんだり、へりすぎていて、がさつに味もわからず呑みこんでしまったり。

気分を主としていえば、腹がへっていて何かが食べたいなと思っているときがいい気分であり、腹一杯というのはけっして気分のいいものじゃない。ただ、食わずにいられないから、やむをえず食う結果、腹がくちくなってしまうのであって、この幼児でもわかっている理くつを腹がへりすぎていると忘れてしまう。それで苦しくなるまで食って後悔するということになる。

何事でもタイミングが重要で、冷静に食えば、八方に油断なく食いすぎるということがない。ただその実行が、意外にむずかしい。私のような年齢になると、死ぬまでにもう何度、物が食えるかというところに来ている。一食でも条件のわるい食い方はしたくない。

さて、今食えば冷静に食えるという腹具合を抱えて、仲見世のいい頃合いのところを右折したところにある「大宮」という小さな洋食屋に行った。

食いしんぼうの知人に、

「絶対、あそこは行ってみるべきです」

といわれていたのだけれど、なかなか手順が整わなかった。

階上が三卓、階下がカウンター。

迷わずカウンターにする。食べ物を造る手順を見ているだけで楽しい。

「ええと、生ガキとね――」

といってメニューを見ながらちょっと考えこんでいたら、

「ブィヤベースはどうでしょう」

「あ、それ、貰いましょう」

シェフが推してくれるものをまず信頼するのが一番。そればかりでなく、シェフの客を見る眼力というものがあって、こちらの胸のうちをさっと感じとってくれる。私の最良の腹具合では、肉塊よりも魚類を欲していた。

カウンターの端に姉妹らしい少女が待っていて、やがて鍋に入れたデミグラスのシチューらしきものを抱えて帰っていった。こういうところが下町で、実にいい。

「鍋で売ってくれるというのはいいね」

「そうですか」

「俺も近くだったら買いに来たいな」

「遠いんですか」

「ああ」

「東京ですか」

「そうだけど、東京は広いからね」

下町に住みたい、という気持はいつもあるのだけれど、現実はだんだん下町から遠去かっていく。


ブィヤベースも、シャブリも、キウイのシャーベットも、結構でした。山手の店よりずっと安かった。

いい心持で、つまり腹一杯のちょっと手前で、浅草を歩いてみる。観音さまの裏手の〝梅むら〟の三百五十円の豆かんを食いにいきたかったが、日曜日は休業とちゃんと心得ている。

ついでながら、これも日曜は休みなので行かないが、元国際劇場、今のビューホテルの裏手の方にある〝ピーター〟という平凡で小さな喫茶店、浅草に行ったらここにお寄りになって、コーヒーでもビールでも呑んで、しばらく坐っておられるとよろしい。ここは知る人ぞ知る、つまりほとんど知られていない穴場である。どういう点で穴場なのか、そこが説明しにくいし、無理に説明すると長くなるが、浅草の真髄がここにある。といっても猟奇的な、エログロ浅草のそれでなく、健全な下町人情の世界である。

人情の世界だから、一見しただけではわからない。しばらくしてその空気になじみだすと、下町の何たるかがわかるだろう。無名の庶民（これがまたすばらしい）から映画人、少女歌劇のスターまでいろいろな人が混ざり合っている。

もう一軒の穴場、酒呑みなら、言問通りを渡った先の猿之助横町にある小さな呑み屋〝かいば屋〟に行くといい。

かいば屋幸吉と称するこの家の主人はこれも知る人ぞ知る有名人で、初見の客にはちょっと無愛想かもしれないが、アル中でブルブル震える手で焼酎割りを何杯か注いで貰っているうちに、その話術にしびれだすだろう。

彼の履歴もひと口にいいがたい。早稲田大学の初代落研の世話役とかで、終始表街道に行かず、川越でラーメンの屋台をひいたり、魚河岸で働いたり、野坂昭如家で居候を続けたり、酒と放浪と芸人を愛して朗らかに生きちまった人物。

どうも説明しにくいが、昔の江戸ッ子熊さん八っつぁんに、近代的な味を一つ加えたような男、といえばいいだろうか。

とにかく無形文化財で、いつまでも長生きしてほしいのだが、私同様、どこまでも不摂生で、いつ倒れるかわからない。〝ピーター〟にしろ〝かいば屋〟にしろ、いずれも安くて、二、三時間呑んで、二千円、てなことをいう。こういうところを回っている限り、銭じゃない、見てくれでもない、それで贅沢な一夜をすごしたという気分に浸れるだろう。

贅沢さというものは、貴重な人物や貴重な人情に、よそながら触れるということである。

〝かいば屋〟は近頃、体調特にすぐれず奥さんと一日交替で店をやっているらしい。店に出ると呑みすぎるのだそうだが、出ないで家に居ても、やっぱり呑んでいる由。

〝かいば屋〟の並びの〝さと〟というおでん屋で呑んでいたら、本日欠場のはずのかいば屋が、奥さんの電話でのこのこ出て来ちまった。

〝さと〟も名物婆さんが居て、浅草の古い客がよく集まるすてきな店だが、かいば屋、入ってくるなり満員の客に、

「あたしの好きな客が三人居てね、田中小実昌、殿山泰司、それからこの——」

「わかった。つまり禿が好きなんだな」

何をいわれてもご機嫌で笑ってしまう。

新宿のステーキ

正月というものが、昔ほどパッとしなくなったのは、満年齢で算《かぞ》えるようになったのも一因

ではあるまいか。

昔は数え年齢だったから、新年になるといっせいに一つだけ年をとった。今は何も変らない。新らしい年の印象が間接的になっている。満年齢にしたのはたしか敗戦後だと思うが、そういえば西欧は、クリスマスが盛んで、正月はただの淋しい休日だ。

昨今の若夫婦たちは、御節料理《おせち》にも無関心らしい。これは私も当然だろうと思う。まず味覚が大昔の基準になっている。卵だの蒲鉾《かまぼこ》だの小魚だのが歓迎された頃のご馳走では、若い人たちは、正月というとまずい物を食わなければならないと思ってしまうだろう。

昔は正月には商店が休んだ。それから年中無休の主婦にいささかの休みを与えるためもあって、保存のきく食物を用意した。当今はスーパーがやっている。主婦は、文明の進化で有閑族と化した。もう御節料理の時代じゃない。

正月に限らず、日曜や祝日というと商店がいっせいに休んでしまう。昔は商店の休日というものは本当に少なかった。月に二度がいいところではなかったろうか。その頃に戻れとはいわないが、せめてバラバラの日に休業して貰えまいか。

日曜に街中に出て、なんにも用事が足りないというのは困る。食べ物屋だって都心の盛り場でないかぎり、日曜にやっているのは中華屋か焼肉屋だけだろう。皆が日曜に休むから、俺も休むぞ、というんだろうか。

この前、浅草公会堂で芝居をしている役者が嘆いていた。

「口ばっかり浅草復興だ、浅草の灯が消えそうだから、お前たち役者も応援しておくれ、なんていって、夜の七時か八時というとバタバタ店を閉めとるですわ。せめて芝居がハネるまで、店あけといてくれれば、帰りのお客さんも何か買うやろし、盛り場らしくなるのにナァ」

でも、世間並みにしないと従業員が居つきません、と店の人はいう。それで自分たちは夜になると、マイカーで郊外の自宅に帰ってしまう。盛り場には犬と猫しか残らない。

その点、大阪はエラいなァ。

七、八年前、ポーカーゲームやルーレットが南の盛り場に夜咲く花のようにはびこった頃の話だが、あのとき、朝の五時に開店して昼すぎまであけているゲーム場があった。

どういうわけかというと、たくさんあるゲーム場が夜の八時ごろから徹夜で営業している。それらの店が終って、ディーラーたちが、今度は自分たちが遊ぼうとしてその店にやってくる。ゲーム場の従業員めあての店があって、ちゃんとさかっていた。商業都市のやくざ屋さんはやっぱり発想がちがう。

東京は月曜日が理髪店の休日である。組合でそう定めるらしい。一律にしないとなにかと問題があるという。いいじゃないか。向うの店が営業しているために客をとられたって。向うの休みのときにまたとりかえせばいい。

もっとも外国へ行くと、まだ甚だしくて、商店があいている時間に買物をするのが大変だ。

昨夜、預り息子のO君を連れて、新宿に、肉を食いに行った。私の方は正月だろうとなんだろうと働かなくちゃ食えないし、たとえ食えても仕事が来ちゃえばしょうがない。野菜がダメのO君に、たまにはうまい肉を食わせてやろうと思って、前に行ったことのある裏道の奥にあるカウンターだけの小さい店に行った。

食事どきでもあったが、カウンターがいっぱいで、

「ちょっとお待ちねがえれば――」

しかしせまいから、立っているところもない。

「まァ、もう一回りしてこよう。ラーメン屋じゃないから、すぐには空かないだろう」

それでわりにポピュラーなもう一軒のステーキ屋にいった。こちらは店がまえも大きいが、半分くらい空席がある。

「さっきの店は、いくらぐらいで食えるんですか」

「どうして――?」

「ぼくらみたいな若い者でも、行けますかねえ。正月くらい、知合いの障害者の一家を連れてってやりたいと思って」

O君は、昨年まで、身体障害者の世話をしたりする仕事をやっていて、今でも私的に交際しているのである。

「そうだなァ。あそこはうまいがちょっと高いなァ。この店の倍くらいするよ」

「どうもそうじゃないかと思った」

O君は笑った。

「だってこの店は、客がみんな女連れでしょう。女を連れてきて恰好よくクドくような店なんだな」

「なるほど――」

「さっきの店は、チラとのぞいただけだけれど、女の客が居なかったですよ。男ってのは、ほんとにうまい店には、自分一人で行くものなんですかね」

「なるほどねえ。しかしステーキなんかはねえ、本当は、うまい肉屋に行って、自分でいい肉を見立てて、それで家庭で作るんだ。作り方なんか簡単なんだし、それが安くて一番うまい食い方だよ。俺だって、ヒマがあって昼間から肉を見立てに行けるときはそうするよ」

「肉の見立てかたがわからないもの」

「今度一から教えるから、そうやって肉を買って、先方の家で作ってあげてごらん。それが一番いいよ」

「食べに行っちゃった方が早いですよ」

「それがいけない。外食した方がいいのは、プロが作った方がいいもの、たとえば、鰻、寿司、天ぷら、凝ったフランス料理、そういうものに限る。人がどうして外食するかというと、第一はヒマと人手がない場合、第二は外出している場合だ。やむをえずそうしてるんだ」

「気分が変らないです」

「うん、まァ、それはあるね。でも豪華な店は豪華代をとられるからなァ」

「やっぱり外で食べた方がうまいなァ」

「家庭の場合、まず第一に鍋だね。鉄鍋の分厚いものが欲しい。それと、ガスだな。家庭用と営業用ではガスの火力がちがうからね。営業用に変えてもらうと平常が不経済だし。強い火力と分厚い鍋、これでもうプロとアマチュアの差ができてしまう。だから最近は、東京だと、浅草の合羽橋、料理用品の店がたくさん並んでいるところが賑わってるよ。アマチュアがプロの使う物を買いに行ってるんだ」

「ところで、ぼくたち、男同士でどう見えてますかね」

「——同性愛か。ヒヒ爺が君をクドいてる図だな」

「ぼくは今まさに、自身をしゃぶられる前の風前の灯に見えるんでしょうね」

「いや、それは古い。存外にカモは俺で君の魅力の虜《とりこ》になって金を入れあげてるんだ。ボーイが心配そうに俺を見てる」

隣家の柿の木

「近頃の若い人はねえ、柿だのリンゴなんてものは買わないね。若い人が買うのは圧倒的にミカンですよ」

と果物屋のおじさんがいう。

「皮を剝くのが面倒くさいんだってさ」

「ナイフを使うのが面倒なのかな」

アメリカ人は奇妙にリンゴが好きな人たちで、映画の中でもしょっちゅうリンゴをかじっている。しかも、どの場合もなんとなく大事そうに、着衣の胸のところでこすってから食べたりする。

アメリカではリンゴをあまり産出しないのだろうか。それとも聖書かなにかの故事でもあって大切にされるのか。

子供のときに読んだトム・ソウヤーの冒険だの、ハックルベリィ・フィンだのはリンゴというと眼の色を変える。誰かがおやつにリンゴをかじっていると、もう大事件で、ひと口でもかじらせて貰おうと苦心したり、かじり残した芯のところを、なにかと交換したりする。他人がかじり残した芯をありがたがるというのがどうも実感が湧かない。

それは子供の世界だから、と思っていると、大人だってそうなので、果物のうちでもリンゴだけは格別にあつかわれているようだ。

ギャングが、家に押し入って二、三人を惨殺し、ひきあげる間際に、卓上のリンゴに手を出して、サクッとひと口かじってから行く、という場面があった。

ギャングが好む食い物は、ステーキとリンゴである。いずれも、堅気でいたらこんなうまい物食えやしないんだ、という顔つきで食べている。

そういえば、銀行強盗をしたあとで、卵料理をガツガツ食って、

「うむ、この卵はすばらしい」

と悦に入っていたのは、〝マシンガン・ケリー〟という映画のマット・クラークだ。

〝ポケット一杯の幸福〟という映画では乞食然としたベティ・デイヴィスが、リンゴを一杯籠に入れて街角に立って売っている。そのリンゴを買って食うのが親分のたった一つのゲンかつぎだ。リンゴをポケットに入れていると幸せを呼ぶ、といわれているらしい。

チャップリンの〝ライムライト〟ではスターになった彼が、深夜、台所で鰊《にしん》の干物を焼いて食う。スターになって、あんなもの食わなくても、と思ったが、あにはからんや、鰊の干物は、大金持の食う凝った食い物なんだそうだ。

食い物というのは国柄で相当に基準がちがう。日本だって私の子供の頃は、バナナが贅沢な

果物とされ、事実あの頃のバナナはうまかったような気がする。

リンゴは高級果物らしいが、外国映画で、柿を食っている場面の記憶がない。柿というものが現われない。

柿は、外国にはないのだろうか。樽柿を思いつかなかったために、最初、渋柿をかじって見、それ以来手を出さなくなったのかな。

仕事場の窓の正面に、隣家の柿の木がみえる。冬がきて柿の実が熟してくると、雀たちの恰好のご馳走になる。私は自分が食いしんぼうだから、誰かがうまい物をたらふく食っているという光景を見るのが大好きだ。

秋が深まり、葉が落ちて赤い実が目立ちはじめると、雀たちが来る。ところがある時期になるまで、けっして食べようとしない。終日、枝にとまってじっとしている何羽かが居る。はじめ私は、見張り役の雀で、他のグループにとられるのを牽制しているのかと思った。

しかし、それにしては騒々しくない。

だから、うっかりつつきにくる仲間たちに、

「まだ渋いぞゥ――」

といってるのかもしれない。

この時期は、子雀たちが飛び回る時期でもあって、いよいよ皆が実を食べはじめると、子雀も一人前に集まってくる。それでも皮がつつきにくいのか、他の雀があらかた食べたあとの実

を、遠慮がちにつついている。

彼等の食事時間は早朝と夕方で、夜明け方は枝々に雀がたわわにとまっている。私は仕事をほっぽりだして眺めているがいつまでたっても見あきがしない。

私も、ひょっとして自分の家が持てたら（まずそんな気にならないだろうが）実のなる木をたくさん植えて、小鳥たちに食べさせたいと思う。

「雀はどこで死ぬんだろう。雀の老衰した死骸というのを見かけないね」

「雀の死場所というのがありましてね、わからないようにそこに行っちゃうんですよ」

「嘘をつきなさい」

「本当ですよ。象やなんかと同じで」

「それじゃ、その死場所というのを見かけそうなものじゃないか。この東京のど真ン中に、象の墓場みたいなものがあるかい」

預り息子のO君と、昼飯を食いながら無駄話をしている。

「あんなにたくさん居るんだぜ。子雀だけだって数え切れない。その数だけ死骸があっていいわけだろう。雀の死骸で足の踏み場もない、ということになりそうなものだが。鳥が食っちまうのかな」

「どの鳥が――?」

「あるいは虫が食うとか」

「禿鷹みたいに、死ぬとうわッとたかっちゃうんですか」

「変だね」

「犬や猫が轢かれて死ぬでしょう。昼間だと車が皆よけるけど、夜だとわからないからその上をどんどん通っちゃう。それで何度も踏んでいるうちに、なくなっちゃうんですね」

「それは、朝、掃除をするんですよ」

「都心はそうだけど、ちょっとはずれるとね」

「はずれたって、誰かが区役所に電話して、汚物を片づける車がくるんだ」

「誰が電話するんですか」

「誰がって、親切な人がどこにも居るんだ」

「親切ですか。おせっかいでしょう」

「おせっかいだって、それで八方いいんだから、いいじゃないか」

「雀もそうなのかなァ。雀は車に轢かれませんね」

「猫の轢死体があってね。そうしたら一緒に歩いていた友人が、新聞紙で包んで溝に捨てたんだ。俺は感心したなァ。ずいぶん前のことだけど、まだはっきり憶えている」

ビルの屋上のテレビのアンテナに、子鴉《こがらす》がとまっている。

「あの子鴉は一人っ子だな」

「鴉は普通、卵をいくつ産むんですか」

「さァ、知らないけど、子鴉はたくさん居るが、あれはいつも孤独だよ」

「どうして、あれだとわかるんです」

「俺みたいな顔してるんだ」

「うわッ、気味がわるい」

「すぐにわかるよ。奴も柿を食べにくればいいのに」

鴉の方は、近頃残飯でうるおっているせいか、柿の木にはあまり来ない。

我が葬式予想

予報どおり初雪が夕方から降りだして積りそうな勢いになった。夜半も、翌朝も、霏々《ひひ》として降っている。どうもまずいことになったな、と思う。

その日は宇治かおるさん※の葬式が、午後あるので出かけなければならない。私は前にも述べたとおりの雨男だから、雪などすこしも驚ろかないが、足もとがわるいと人の出がすくなくなって淋しいお葬式になってしまう。

もっとも雪の夜は、黒鉄ヒロシ、井上陽水、田村光昭というメンバーの挑戦を受けて、珍ら

※宇治かほる。1931-1987。

しく新年マージャンをやっていたのである。それで結局、雪だからという理由で朝まで。

死者にあいすまないような気もするが、宇治さんも麻雀好きだったからなァ。

雪の中を仕事場に戻って、とろとろ眠って眼をさますと、こはいかに、ポカポカ陽気の晴天で、窓に冬陽がいっぱい当っていた。お通夜が雪、お葬式が晴天、これもなかなかの自然の趣向で、神さまのお恵みのような感じがする。こういうときの死者は絶対に天国に行っているのだろう。

宇治かおる、といっても若いお方は馴染みがうすいかもしれない。宝塚のスターで、退団後も唄ったり踊ったりしていた。愛称ヤブさん、笈田敏夫の奥さんで四十代くらいの女性にとっては、なつかしい名前だ。

私のような年頃になると誰でもそうだろうが、まったく知人の死が多い。月に七、八人、多いときは週に四、五人あったりする。待ったなしの仕事があるので失礼せざるをえないことがあるが、知人の葬式にすべて出ていたら、それだけでおそらくかかりきりになってしまうだろう。私はどうも若い頃からいろいろの世界に首を突っこんでいるので、八方に知人が多い。

けれども、その中で、訃報をきいたとたんに、すっと、弔問してこよう、という気持になる人が居る。宇治かおるさんがそうだった。といっても日常しょっちゅう会っていたわけではない。特別に親しかったわけでもない。

ただ、あの人柄、人を見下すとか、自分に恰好つけるとかいうことが、これっぽっちもなかった爽やかなヤブさんに、もう接しられないことが哀しい。

　多分、多くの人がそんな気持だったのだろう。西麻布の長谷寺の広い境内が人や車で埋まっていた。

　古いジャズメンや、宝塚出身らしい年配の女性もたくさん居た。ゲソこと笈田敏夫さんの憔悴した顔が、いつもにこにこしているだけに痛々しい。

　一谷伸江が近づいてきて、

「お棺の中に麻雀牌入れたのよ」

「それはよかった」

「東を入れたの。ヤブさんはね、いつも西は麻雀の神さまだから、西を大事にしなきゃ駄目よ、っていってたの。だから迷ったんだけどね、結局、東が一番強いんだからってことになって」

「向うにもたくさんメンバーは居るからね、退屈はしないだろう」

「ヤブさん、いい人だったのにね」

「まだ若かったのに。五十代だもの」

「ああ――」

「ああ――」

　風のない晴れた日なら、冬の外気はすばらしい。暖房に慣れた身体をびしっとひきしめてくれる。正月の匂いがまだ残っている麻布の道を歩きながら、自分の葬式はどんなかなァ、と考えてみた。正月早々縁起でもないけれど、どうせそう遠くない将来にあることだ。

一番いいのは、葬式なんかしない、ということだ。身内も他人さまも、ただ面倒くさいだけで、何の得るところもないという意見も近頃多くなってきた。葬式などやるな、といい残して死ぬ人も多いが、それでもなんとなくやってしまう。私の場合だって、いくらそういっても誰かがやってしまうだろう。どうせならシャレのつもりでうんと賑やかに遊びたい。

まず、僧侶や牧師、宗教関係者はいっさい招ばない。ジャズの人たちにご無理を願って、奏していただく。トラッドなバンドに古い曲で、懶惰《らんだ》な気分の奴をどんどんやって貰う。また山下洋輔さんの激弾きもいい。

一転して、井上陽水さんに弔辞か、弔歌をやって貰う。なんたって此方で空想してるだけだから、先方が嫌だという心配はない。

井上陽水の弔辞、とくると何をいいだすかわからない。彼はもともと人前での弁舌にいつまでたっても慣れないところがあって、慣れなければ無難を指向するかというと、ときおりとんでもないことをいいだす。そこが面白い。

陽水のあとは、パン猪狩さんの弔辞、というのも面白かったろうが、残念なことに先日一足先に彼が向うに行っちゃった。で、弟のショパン猪狩さんに、インド人の恰好で、カモン、レッドスネークをやっていただく。ショパンさんは、およそどんな場所だろうと、あの不敵な面構えで、けっして場所に合わせようとしない。そこがいい。芸術祭参加の国立劇場公演でも、舞台に出るとすぐに腰を振っておヘソを出した。なんだか演芸会みたいになったが、あとは酒である。呑む打つ買う。別室でホンビキ、チンチロリン、麻雀。警視庁の保安一課に特別出演を願って、そのままそのまま、という一幕があったり、空想するだけで大変な騒ぎになったな。

宇治かおるさんのお葬式とは大変なちがいだ。

それで、うわッと総踊りで、出棺、ということになる。近頃の棺は、顔のところに蓋があって皆に死顔を見せたがっているが、私はどうもあれは嫌いです。私が死んだからいうのじゃなくて、知人の死顔なんてのも見たくない。一番元気な頃の顔だけをおぼえておきたい。どうせ見せようというのならば、顔だけなんてケチなことをいわないで、全部見せちゃう。焼場に行って、焼きの様子をごらんにいれたい。〝お葬式〟という映画を見たら、後部の方からのぞけるようになってるんだな。でもあそこからだとせいぜい五、六人しかのぞけないから、ぼッと点火したら、三割くらい焼けたところで、

「へィ、お中入りィ」

かまの蓋をあけて、すっと生焼けを出してみせる。

ああ、こういうところがこうなってたんだな、あの人は、なんて皆さんによく観察して貰ってから、また蓋をしめて、二度焚きをする。

ここの解説者は立川談志さんにお願いしたいな。

火葬が終ると、骨をひろって皆で壺に入れる。横綱の土俵入りみたいに位牌持ち、骨壺持ち、写真持ち、という三役が居るが、これはやっぱり女性の方にお願いしたい。私なるもの、薄幸の男で、ついに一生美女に抱いて貰う幸せをかみしめなかった。焼場まできていただけるかどうかわからないが、岸田今日子、加賀まりこ、渡辺美佐子、この三女史にお願いしてみよう。

まァしかし、こんなことはすべてウソっぱちで、本当に誰も来ていただかなくていいのである。葬式なんかするくらいなら、皆揃って競輪に行って貰った方がいい。

誰も来ていただかなくていいのだけれども、私は元来、淋しがり屋で人なつこくできているから、私の方から出かけていきます。

夜半、まず黒鉄ヒロシさんのところへ出る。

「たまには、なんとか、ばくちがしたいんだけどねぇ、誰か居ないかしら」

「それじゃ、電話してみましょう」

落語の〝へっつい幽霊〟を地で行くことになるが、夜な夜な、方々で勝って呑気に暮す。負けりゃ消えちゃえばいいんだからね。ああ、早く向うへ行きたい。

たまには、泣き言

ついこの間のお正月に、今年からはひとつ、毎日あたふたすることをやめて、自分が書きたい仕事だけを集中してやることにしよう。そろそろ老人の仲間に入る年齢なのだから、仕事にわがままになっても許して貰えるのではなかろうか。

そう考えた。いや、決心をした。註文してくれる大方の仕事を、心を鬼にしてことわって、まず閑を作る。桂文楽ではないけれど、もう一度勉強しなおしてまいります、と諸方に手をついて、晴耕雨読、いや、晴読雨読、本を読めばいいというものではないけれど、とにかくこれまで、売文と遊びにかまけて、ほとんど読まねばならぬ本も読んでいない。

某誌の編集長にいわれたね。

「貴方くらい勉強しない作家も珍しいね。ただ才能だけで書いてる」

もちろんこれは賞め言葉ではない。かえりみて慚愧《ざんき》にたえない。今にして改めなければ、このままその大勢で終ってしまう。

某バーのマダムがいう。

「貴方、どうやって字をおぼえたの」

質問されてみれば、なるほどと思う。私の学歴は旧制中学の途中までで、おまけに小学校も中学も、ろくすっぽ教室におちついていない。こういう学歴の持主は、社会に出てから発心して、自己流の勉学に励むものだが、私はまるで反対で、なおなお遊び呆けた。どこで漢字をおぼえたかと訊かれて、さて、どこなのだろう、と私も思う。

高校生ぐらいの読者から、こういう趣旨の葉書をちょくちょく貰う。

「親父は僕が、麻雀ばかりやるといって怒るけど、麻雀ばかりやって世に出た人も居るといってやるんです。——」

私だって、麻雀ばかりやって世に出たわけではない。けれども、ではどこで世に出る修業をしたか、といわれると、これといって答えられないのである。

諸方で遊んで、運に恵まれて、なんとなくごまかしているうちに、ここまで来ちまったのである。世間でいう下積み時代が何年かあったけれど、それは私がさっぱりやる気がなくて、ばくちばかり打っていたからであって、だから私はいわゆる売り込み時代の辛さを経験していない。

こんなことでは駄目なのである。人づきあいがいいから仕事が絶えないだけのことだ。

考えてみると売文業になって、ざっともう三十年である。おそまきながら、私もやっと人並みなことを考えはじめた。

あたふたしないで、一つのことに集中しよう。

ところが、一月の前半、昨年とまったく変らないペースなのである。仕事だけでなく、八方の人間関係のしがらみで、依然として雑事も多く、巣にいるときはヘトヘトになって寝ているだけということになる。

この一月の前半、巣に居て満足に夜眠ったことは一日もない。

仕事も雑事も、引き受けるのは簡単だが、ことわるのは実にむずかしいし、エネルギーも要る。

学校にも行かず、独学もしない、という私をなんとかここまで持たしてきたのは、幼少から積んだ世間学と、周囲の知人友人のおかげと思っている。私はいつも、さまざまな意味でいい友人に恵まれてきた。

だから人間関係は大切にしたい。私にできることで、相手が喜んでくれるなら、なんとか働きたい。それがこれまでの交友で得たもののお返しのように思う。

だから辛い。わがままな仕事ぶりになると、そういうしがらみをたちきらなければならない。

三十代の後半から、ナルコレプシーという病気が昂進して、麻雀がろくすっぽ打てない体調になった。麻雀だけでなく緊張が続かないので重たい仕事ができない。

当時は発作止めの良薬もなくて、ヒロポン系の錠剤を医者から貰ってわずかに鞭を打ってた。が、この病気は常人の四倍の疲労感があり、発作がひどいときは全身の脱力症状で手足が動かず、失神したりする。

それで、それまで書こうとしていた小説をやめて、軽い麻雀小説に逃げたのだが、そのために麻雀の誘いが方々からかかった。

先輩からも、知人からも、また見知らぬ読者のような人からも誘いがくる。雑誌のための麻雀もある。いずれも、坊や哲の麻雀を期待している。

けれども私は半分眠りこけたような麻雀しか打てない。麻雀のように小休みないゲームだと、私の体力は三十分持たない。あとは眠りながら、皆にうながされて打つ。

發と中をポンした相手に、□を打ちこんだことがある。ドラ単騎のチートイツでリーチをかけていて、ドラ牌をツモって相手に放銃したこともある。眠っていて自分のあがりを放念していたのだ。眠っているように見えなくても、内容は失神していて、チョンボしたりする。

それだけではない。ヘトヘトに疲れて（ナルコレプシーの疲労感は病人でなければわからない。足を地上から持ちあげることが《重くて》できなくて動けないということすらある）家に帰ると、それから何時間も魑魅魍魎《ちみもうりょう》の世界が始まる。普段なら必要な意識だけを交通整理して出す身体が、その力を失なって、目茶苦茶な幻想が現われる。それが辛い。何時間も七転八倒する。

それを百も承知で、誘いに応じて出ていったのは、人恋しさも多少あるが、麻雀を看板にして飯を食っている以上、麻雀の誘いに背を向けるのは恩知らずだ、と思っていたからだ。

変な理くつだけれど、麻雀小説なんてもので飯を食おうとは夢にも思わなかったし多少のうしろめたさも感じていた。

あの頃の阿佐田哲也の成績は、全敗に近い。やれば必らず大敗する。師匠の藤原審爾さんのお宅で、女学生や中学生とやっても大敗した。麻雀小説の収入の半分くらいは、この時期負けていたろう。

五木寛之さんが、気の毒そうに、

「私たちは教えて貰ってるのに勝っちゃって、まことに申しわけない」

というセリフがまだ耳に残っている。

そこでむずかしいのは、病気のせいだといえないことだ。何のせいだろうと負けは負けで、完敗しました、といって恐れいっていなければならない。

私だって、若い頃はこの種のゲームで勝ちこんでいた男だから、情けないし、口惜しい思いもある。発作がおさまったあと、奮起して、ちゃんと打っていくらかツキをとり戻した頃、また発作が来てポカをやってしまう。

この七、八年前から薬も開発されてきて五、六時間くらいなら眠らずに打てるようになった。でもあの頃はひどかった。我ながら、よく続いたものだと思う。それでも麻雀で得た人間関係から、それ以上に大きなものを得ているような気がする。

若老衰の男

「あのね、私、今日、重大な宣告を受けたの」

とカミさんがいう。

「指圧の先生がこういうのよ。肺の片方が機能を停止していて、このままでもう三月もすると、酸素呼吸に頼るほかない状態になってしまう。肝臓も目茶苦茶。全体に栄養のかたよりがあって栄養失調に近い。とても長いことは生きられないって」

「なるほど、それで？」

「その先生が指圧で直してくれるっていうんだけど」

「ふうん――」

カミさんの実家に、近頃、指圧の先生なるものが頻繁に出入りしていることはきいていた。指圧の先生といっても、自称であって、看板をかかげているわけではない。診療所も持っていないので、カミさんの実家を診療所代りにし、毎週何曜かに出てきて、患者を診る。

実家の人々はいずれもその先生の指圧を受けてから体調がいいのだそうで、近隣に宣伝するから、その何曜かは二十人ほども患者が集まる。先生はご機嫌で、朝から酒を呑み、もう家人のごとくふるまい、家を買いたいといいだして、カミさんの妹に売家を探させるなどしているという。

噂を小耳にはさむたびに、うさんくさい話だとは思ったが、なにはともあれ、身体に効能があるのなら、文句をいうほどのことでもないと思っていた。

「ねえ、嬉しい――?」

「なにが――?」

「あたし、死ぬのよ。嬉しいでしょう」

「べつに、嬉しくないよ。死ねば葬式だのなんだの、面倒くさい」

「あたしね、亭主が死んで、あと十年か二十年、一人で自由に生きるのだけがたった一つの楽しみだっていったの。そうしたらとんでもないって。このままじゃ今年か来年、それ以上は無理だって」

「いやにはっきりいうなァ」

「指圧って、そんなにはっきりとわかるものなのかしら」

「それはどうかな。俺はその人に会ってないからなんともいえんけど。いずれにしても医者に行けよ」

「あたしが病院を怖がってなかなか行かないことを、父が話したらしいの。それで指圧で直して貰えっていうんだけど」

「いや、とにかく病院で診断して貰うことだ。明日でも俺がついていってやるよ」

いくらか興奮しているらしく、カミさんの顔が赤い。

彼女はもともと虚弱体質で、気管支がわるく、近頃は疲れたりすると悪い咳をして寝ついてしまう。眼も悪いために並みの人より疲労が濃く、その疲労が一点に塊まれば病気の根にもなろう。私の仕事が不摂生の極みだから、女房もその不摂生にまきこまれる。また彼女も不摂生が大好きな性分でもある。

私が一見したって、どこか悪くないはずがないと思うくらいだから、本人も気にしている。乱暴な診断でも説得力はあるのだ。

とにかく、ふだんおっ放りぱなしのお詫びに、もし入院にでもなったら、このさい看病専一になってもいいと思った。妻の病室の小机で、仕事をしながらなにかと世話を焼いている自分を好ましく想像する。私はそういうことというとすぐに夢に見る性分で、カミさんの死顔を前にして、妻への愛をたしかめている自分が夢に出てくる。

それで私の主治医の居る病院にカミさんを連れていったが、なんとばかばかしいことに、カミさんの肺も心臓も血圧もすべて平常で、なんの心配もない、という結果が出た。

完全に健康、といわれると、いやそんなはずはないという気もするけれど、とにかくよかったというほかはない。

「あのインチキ指圧奴」

カミさんがいつもの元気をとり戻して口汚なく罵《ののし》った。

「最初から好かない奴だと思ったわ。あたしの身体を嫌らしくさわって」

「指圧だから、さわるだろう」

「ちがうの。ご飯のときも隣りに坐って助平にさわるのよ。お酒の臭いをぷんぷんさせて。一度会えばすぐわかるわよ。悪党ならまだ魅力もあるけど、ただ卑しいうすっぺらな顔なの。それで威張ってね。お父さんたちだまされやすいから信者みたいになってるけど、あたしが化けの皮を剝いでやるわ」

「まァ、しかし、あんまり気早にいうと、かえって弱みをつくるぜ」

「だって、レントゲンで見ればすぐわかるものを、あたしが医者に行かないと思って」

「こういう手はあるな。悪い悪いといっておいて、結局なんでもなかった場合に俺が直したといって恩に着せる」

「そうよ。家を買いたいなんて、そのお金だって、父のところから出させる気だわ。そのためにもあたしを助けたということにしたくて」

「証拠はないけどね。ただの推察だからあまり強くはいえない」

「証拠があるじゃないの。今日の結果」

「それでも水掛け論だ。しかし推察していえば、君の一家の人たちの場合も同じようなトリックかもしれないな。なんでもないものを、悪いといいたてて、それでかえってよくなったような気がする。病いは気からというからね」

「ほんとに家の人たちは世間知らずだから」

「今までのところは目立った被害はないんだろうから、ことを荒だてないで、しかし適当に遠去かって貰うことだな」

それはいいけれど、カミさんの方は悪いところはなかったが、ついでに診て貰った私の方が、医者はどうも首をひねるのである。

「血圧がかつてないほど高いですな。血圧は日によって上下するとしても、やっぱり高血圧の前駆症状とも思えます。血液検査はまだ今日は結果がでませんが、コレステロールや中性脂肪や、血糖の問題なんかありますから、近々もう一度いらしてください」

「そうでしょう、先生、この人はもう長くないんでしょう」

「いや、そんなことはいいませんが」

カミさんは病院を出ると、先に立ってコーヒーを呑もうといった。

「今日は気分がいいわ」

「気分がよくてよかったな。俺が先に死ぬということがわかって」

「そうねえ。でも寝ついて貰っちゃ困るのよ。死ぬまで働いて貰わなくちゃ」

「いや。もう仕事は無理だ。これからは君にかわって働いて貰うことにする」

「冗談じゃないわよ。働くくらいならあたし死ぬわ」

「健康なんだから、ドシドシ働いてくれ。俺は隠居さ。一日じゅう寝る」

「そんな年齢でもないじゃないの」

「いや。若老衰だ」

「あたし、嫌ンなっちゃったなァ。やっぱり指圧の先生にかかろうかしら」

私の日本三景

このところ引越しということで、カミさんから、睡眠発作症の私は不要といわれて、外を転々としている。

昨夜まではホテルに居たが、今日は昔なじみの和風旅館に居る。仕事をしながら好きなときに居場所を変えられるので外からの電話はほとんどないし、家族も居ない。まるで若い頃の生活に戻ったようで嬉々としている。こうなると引越し先へなど戻りたくない。明日か明後日には久しぶりでドヤ街に行って泊ろうかと思ったりしている。

ふとしたことから二年ほど居た四谷のマンションを畳んで、世田谷区成城というところに移

ることになった。先日遊びに来た古川凱章《がいしょう》さんが、

「あたしが知ってからでも、八ヶ所移ってますなァ。十五、六年のうちに」

「そうなるかなァ」

「引越し魔ですね」

「でもその前の方がめまぐるしかった。住むというより泊ってるという感じだった。引越し先に落ちつくとすぐに次はどこに移ろうかと考えたからね」

「放浪記の頃ですか」

「あの頃はもっとすごい。巣を作ろうとしないんだから。人の家あり、事務所あり、ドヤあり、道路あり、割烹の居候という頃もあったし、どこにでも入りこんじまう。女と一緒に暮らすようになって、これでも落ちついたんだ」

「引越しって奴は、金もかかるし、手間も食うし、大変でしょう」

「俺みたいな怠け者は、安定すると何もしなくなるからね。背水の陣という状況をいつもこしらえとかなくちゃ。でも年をとると、ガラクタは増えるし、おっくうだね。そこを無理して鞭打つように越しちまう」

成城とは、ずいぶん似合わないところに行きましたね、と大概の人がいう。つい数年前まで成城に居た篠原クマさんが、

「成城でもピンからキリまであるさ、俺だって居たんだから」

といってくれるが、流行作家の川上宗薫氏が住んでいた家だから、大邸宅なのである。もし買って住むとしたら、どえらい銭が要る。

もっとも私は、大邸宅だろうとドヤ街だろうと、移ってさえいればなんでもよいので、いずれも仮の住居である。

それはそうと今居る旅館は神楽坂で、ここは私の生まれ育ったところだから、格別の思いがある。どんな細道でも知っているし、なつかしいが、ただし住んでいる人や家並みが大きく変わりつつある。

わずかに残っている幼なじみの店に顔を出すと、

「ここもビルラッシュでねえ」

「こんな坂道でもそうなの」

「今、十何軒建ちかかってますよ。神楽坂をニューヨークみたいにしようたって合わないよなァ」

「ビルが建ち並んだころ、地震が来てぺしゃんこになるなァ」

夜、仕事をしていると、方々の待合から、麻雀とカラオケの音が聞こえる。三味線なんてものも見番で芸者がおさらいするときだけのものになってしまった。近頃のお客は歌謡曲しか知らない。

お客だけでなく、待合側もその方がありがたい。だって経営者が代替りして、昔の口うるさいカアさんたちは、死ぬか引退するかしてしまった。待合は、なぜか新規開業ができず、看板の後をつぐだけだから、数もどんどん減るばかりだ。

それでも私などには、こういう手軽な和風旅館があって、畳の上で仕事できるのがありがたい。女主人は小暮実千代の妹さんで、美貌に少しの衰えも見えない。久しぶりで来たら、トイレもストーブも、ポットも急須も、みんなモダンになっていた。

ホテルは夜中でも出入り自由だし、諸事便利だが、人間臭くないので感触が冷めたい。逗留するなら和風旅館がいい。私は和風旅館のいくらか不便なところが好きだ。旅館側の誰かが寝ないで待ってくれてると思うから、街に出ても早めに切りあげようとする。私はネオン街などで時知らずに呑みたい方だが、そういうふうにお互いが気を使いあって、いくらかの不便を我慢するところに味がある。

けれども近頃は、小規模な和風旅館や商人宿のようなところが、目立って少なくなった。街の片隅に隠れていくらか残っているのだろうが、旅行者にはなかなかみつからない。

愛知県岡崎市の片隅に、これは完全な商人宿ふうだが、好きな宿がある。一泊朝食付三千円。古びた色町と寺町がまざりあったようなところにあって、ここの二階の六畳で炬燵《こたつ》に入って仕事したり酒を呑んだりしている。腹がへると近所の店から中華丼などとって貰って食う。隣りが古い寺で、朝夕に鐘の音が遠慮っぽく鳴ったりする。雨の日など、寺の樹々をぼんやり眺めていても飽きない。静かで、気さくで、適当に放っぽらかしておいてくれるのもいい。

そのかわりトイレも風呂も共同だし、電話も廊下にでなければならない。

新潟市にも似たような宿を知っている。天井板も壁も雨もりで模様ができており、私は小さいときからそういう天井を眺めながら寝たので、これが寝るという気分だな、といつも思う。旅館というものは小綺麗である必要はあるが、大綺麗にしてはいけないので、よく城下町などにある藩公の旧邸を旅館にしたものなど、広すぎるしサービスがしつこくてどうも苦手だ。それならいっそホテルのほうがまだよい。

私は名所旧蹟にまったく関心がないし、自然の眺めにも気持ちが向かない。温泉と銭湯の区別もつかないくらいだから、湯治場も向かない。ただ気のおけない部屋でごろごろ寝ていればよい。

神楽坂と岡崎と新潟、いずれも名は記さないが、これが私の日本三大旅館。

今、一度でかけて行ってみようと思っているのは、東北新幹線北上駅から秋田県境近くまで入る湯本温泉。ここに村松友視のカミさんの実家がある。話にきいているだけだが閑雅な宿らしい。東北地方一帯にはまだ古びた和風旅館が多い。

旅というイメージで、すぐに浮かんでくるのは、京都河原町の（一軒しかない）焼芋屋。この熱々の金時芋をかじりながら、京都の夜気の中を歩きたい。

旅でめぐりあった食い物を一つ選べといわれたら、富山の菓子で、名前をどうしても思い出せないが、卵白で造った白い雪の中に黄身の月がすけて見える奴。ほのかな甘味と舌ざわりがいい。北陸は和菓子の宝庫だと思う。私の日本三景となると、松島だの天橋立なんて出てこない。
①鹿児島県薩摩半島の外海側。
海と風の音以外、音が無く、光り満ち溢れ、時空を忘れる。
②高知県東部海岸、甲浦《かんのうら》附近白浜。
人影居らず、湾曲した白浜がどこまでも続いて見える。やはり時空を忘れる。
③新幹線岡山駅手前の山村。
桃太郎の出生地らしい日本の山村の好ましき姿。老いたらこのあたりに住みたい。

近頃商店風景集

べつにどうッてことないんだけれど、街を歩いていると、ときどき、フーム、と思うことにぶつかる。
▲――都心のあるおソバ屋さんで。若い娘さんが二人で店番をしていたが、入っていったらすぐにぬるいお茶を持ってきてくれた。それはいいけれど、私はナルコレプシーという持病があ

るために、絶えず強い薬を用いている。外出するときは特に薬をのんでおかないと、ところかまわず眠りだしてしまうのだ。その薬のために胃がやられて、水をガブガブ呑むことになる。ちょうどそのときも、ソバというよりは水分をとりたくて店に入ったのだった。

それなら喫茶店にでも入るべきだったのかもしれないが、のどがカラカラというときは、お茶よりも冷たい水がほしい。

「わるいけどお冷を一杯——」

それで娘さんがコップに水をくんで持ってきてくれた。卓の上におこうとして、

「あ、まだお茶があるじゃん——」

一瞬、手の動きが止まった。結局はおいてってくれたけど、昔の娘さんならそう思っても黙っておいてったろうな。正直でいいというべきか、思ったことがすぐ口に出ちゃって幸せだというべきか。

▲——それは立腹するほどのことじゃないけれど、もうすこし不愉快度が増すのは、トンカツ屋さんでこういう店がわりに多い。

私はケチャップを混ぜ合わせたトンカツソースというものが、あまり好きじゃない。けれども卓の上には、トンカツソースと醤油しかおいてない。

「ウスターソース、ありますか」

というと、奥から持ってきてくれる店もある。

「うちはソースはそれだけです」

という店があってカチンとくる。トンカツソースとして仕入れたかもしれないが、もともとはウスターにケチャップを混ぜ合わせただけのものじゃないか。

トンカツにはドロドロのソースが合うと店主は思っているかもしれないが、客にだって好みがあり、醤油で食おうがウスターで食おうが自由にしておくのが、心使いというものじゃないのか。

といって、注文しちゃってから立って出てくるわけにもいかない。カチンという塊りはだんだん大きくなっていって、もし店主が、トンカツはトンカツソースで食うもの、と思いこんでいるとすれば動脈硬化だし、誰だってこうやって食うさ、と一視同仁してるなら、人間をなめているということになる。

いったいに近頃、店側できめたルールを勝手に押しつけてくるところが多くなった。もっとも店というものが、そもそも店側の都合によって発足しているのだから、しようがないか。

▲——都心の別のおソバ屋さん。

「天ざるの大盛り——」

といった。すると、

「ウチは大盛りはやっていません」

という。

「あ、それじゃァ、天ざると、べつにモリソバを一枚」

それで次に行ったとき、店のルールに合わせようと思って、

「モリソバを二枚と、天ぷらを」

といったら、三人ほどの女性従業員が集まって、小声で相談をはじめた。

そのうちの一人が近寄ってきて、

「あのう、ウチは、天ぷらというのはやってないんですが」

メニューを見ろ、というようにうながす。

「ああ、そう。――天ざるは、あるんだね」

「はい、あります」

「それじゃ、天ざると、ほかにモリソバを一枚」

そうしたら、調理場の中とも相談したあげく、モリソバを二枚と、べつに天ぷらの皿を持ってきた。

なんだい、と思う。怒るほどのことはないけれども、さんざんむずかしいことをいっておいて、たかが小盛りか大盛りか、ソバと天ぷらをわけるかどうか、というぐらいで思案にあまったようになるのが面白い。

けれども、このおソバ屋さん、ソバがうまいので、その方面に行くと寄ることにしている。

今では私もすっかり呑みこんで、店の人を困らせるような注文はしない。

▲——またべつの、これは郊外に近い風格のあるおソバ屋さん。
やはりなかなかおいしい。メニューにお土産用の箱づめもできるというので、明日の朝でもまた食おうと思って、注文した。

箱づめにしたソバを包紙に包んでいるのはいいが、見ているとどうも茹でた奴らしい。

「あ、生ソバと思って頼んだのだけど」

「あいすいません。生ソバはやっておりませんのですけど」

「ああ、そう」

私は困った。茹でてあるのなら、早く食わなければノビてしまう。けれども今ソバを食ったばかりで、腹もへってないし、続けざまに食いたくもない。

「茹でかげんがむずかしいので、お客さまには茹でてさしあげるようにしております」

だけれども、である。そうはいわなかったが、どれほど名人芸が要るか知らないが、近所で走って帰るならともかく、まずノビてしまうだろう。名人の茹でたクタクタのソバを食えというのか。

まァ包んじまったものはしようがないわけで、持って帰って捨てちまったね。
▲——住宅地のお寿司屋さん。したがってツケ台で食う客よりも、出前の方が多い、だろうことは察しられる。
白身、と注文すると、

「すみません。ウチは白身はおいてません」

売り切れたわけではない。まだ宵のうちである。

「ウチばかりじゃない。このへんは大体そうですよ。白身をいれるとどうしても値段を高くとらなくちゃね。出前じゃどうしても、そう高くとれないから」

「ああ、そうか」

なるほど、家庭で子供たちに食べさせるときなど、ネタよりも安い方がいい。子供じゃなくたって、私だって昔、海苔巻と玉子だけの奴ばかり食っていたことがある。そんな頃も忘れて、白身、なんてェのはキザだったわい。

「じゃ、中トロでも」

「赤身だけなんです。トロもこの頃は高くてねえ」

「そうだろうね。煮蛤、なんてのはあるかしら」

「調理物はねえ、おかないんですよ。手がかかってわりに合わないから」

私は干物のような穴子を横目で眺めてあきらめた。赤身と烏賊《いか》と小鰭《こはだ》、それだけ食って、最後に、

「干瓢《かんぴょう》巻き――」

「やってません。干瓢、近頃めったに出ないから。お新香巻きか梅紫蘇《うめしそ》なんてのじゃどうですか」

主人は、店のルールを無視してる客だな、という眼で私を見ている。

近頃電車風景

今度越した成城学園は小田急だけれども、小田急は代々木上原で地下鉄千代田線に接続している。千代田線は綾瀬で常磐線につながる。

こんなことはいまさら私が記さなくても、皆さまご存じだろう。だけれども、私は今、大感心をしているのである。小田急線——千代田線——常磐線というこの路線は、駅名をずっと眺めていくと、東京のどこへでもスンナリと行けてしまうような気がするから不思議である。

対談とか観劇とかの用事で都心に出かけるときは、渋谷、赤坂、日比谷のキワのところをそれぞれ通る。さらに丸の内、上野、浅草に行くのも便利だ。東京の盛り場を串でさしたような線である。新宿にはそれこそ小田急で十五分。

私にはナルコレプシーという持病があって、ところかまわず眠ってしまう。それで心ならずも、単独で外出する場合、車に頼っていた。だから都心に近いところに住む必要がある。いろいろと不経済である。

今度、多摩川のそばに住むにおよんでそのことがひとつ気にかかっていた。ところが千代田線というやつが実に便利で、これからは発作どめの薬を倍量近くのんで出れば、どこへ行くにも電車を使えそうな気がする。但し、眠りこけてしまうと小田原や我孫子まで行ってしまうおそれがあり、近々きっと実現してしまうだろうが。

某日、試みに松戸競輪場まで、電車で行ってみた。東京横断だが、たった一回の乗りかえで行ける。所要時間が一時間と十分ほど。

成城学園から綾瀬行きに乗り、終点の綾瀬で（終点だからいやでもおろされてしまう）常磐線に乗りかえて北松戸でおりる。ところが国鉄の通し切符を売っていないので、綾瀬—北松戸間の乗越し料金を払わなければならない。

小銭をにぎって出札のところで料金をきくと、

「成城——？」

駅員がとまどって首をひねっている。同僚にきいてもはかばかしい返事が返ってこない。

「すみません。乗越しの窓口に行ってください」

それが順当な手続きであるから、もちろん窓口に行って切符をさしだしたが、今度は窓口氏が切符を見つめたまま、呆然として動かない。

「成城——、ですか」

「そうだよ」

切符には、成城学園から二八〇円区間となっている。窓口氏はあちこちをにらんで、成城から二八〇円がどのあたりかたしかめようとしたらしいが、結局、立上って上司のところに訊きに行った。

東京の反対側とはいえ、成城というところはここではまったく遠い土地のようである。私だってついこの間まではそれに近かったくせに、成城って田舎なんだなァ、と思った。

しかしながら、それほど遠い成城から東京の地下を横断して、綾瀬までが二八〇円。綾瀬から駅にして四つ目の北松戸までが二〇〇円。

なるほど、国鉄って、高いんだなァ、と思う。赤字だとか何だとかで値上げしたのかもしれないが、物の値段の常識としては、遠いほど高いということになるような気がするが、どうもこのへんの感覚が混乱する。しかも地下鉄の方は、穴を掘った手間賃まで加えてである。

国鉄は高い、と一瞬思ったが、しかし考えてみれば、二〇〇円は小銭で、たったそれだけの銭で、荒川だの江戸川だのをまたぎ越して連れてってくれるのだから、電車は安いのである。これがタクシィで行ったらどういうことになるか。

どうして高いと思ったかというと、地下鉄の二八〇円という値段と比較して考えたからで、人間というものはいい気なものだ。地下鉄が安すぎるとは思わないで、国鉄は高いと思ってしまう。

もっとも電車の元値がいくらで、運賃は何割儲かっているかなど知らないからで、元値を軸として考えれば、またべつの判断が出てくるのかもしれない。

そこで思い出すのは、道路の値段で、あれはなんだか妙だな。開通の時よりも、どこの道路も通行賃が高くなっている。品物だと、新しいうちが高くて、古くなるにしたがい値がさがっていくが、道路はけっしてそういうふうにはならない。一度作ってしまえば、道路なんてものは減るものじゃないし、補修費ぐらいで、金もたいしてかかるまい。値上げの理由がよくわからない。

成城学園の売店で、週刊の「馬」という小雑誌を買い、北松戸の駅で、競輪新聞を買った。どちらも気持よく売ってくれて、まことにありがたい。

近頃、駅の売店では、競輪新聞をおかないところが多い。競輪場の近く以外はあまり売れないのだろう。売れないものをおかないのは、べつにかまわない。

ところが、

「競輪新聞ください」

というと、売店の女性が露骨に軽侮の表情で、

「おいてません」

中には、

「そんなものおかないわよ」

といったりする。これがどうも納得がいかない。競馬新聞はおいてあるのだ。

売店の主はたいがい女の人で、なにか主観的に、競輪をやる奴は女性の敵だと思っているのか。それとも、気持ちを一つにして、競輪撲滅運動をしているのか。

多くの場合、撲滅運動であるよりも、売子の女性の個人的感情であるように思える。だから困るのだ。社会の敵、というあのまなざしに弱い。

競輪新聞をおいてある店でも、あきらかに気にそまぬ表情で売ってくれるところがある。どうもばくちと女性は、犬猿の仲であるらしい。

ところで、北千住駅。駅ビルができて以前よりぐんと立派になってしまって、右も左もよくわからない。

駅構内で千住在住の友人宅に電話すると、五分後、東口に迎えに行きます、との由。

ところが千代田線の地下道では、どこに東口があるのかわからない。

地下道の売店のおばさんは、

「階段を二つ昇って、上のホームできいてください」

という。

階段を昇ると国鉄のホーム。

乗りかえホームの案内は方々にあるけれど、どこが東やら西やら、出口の案内は書いてない。駅員の姿もホームにはなくて、ずっと向こうのホームのはずれに、交替の乗務員らしい人が立っている。

そこまで行って訊くと、反対側のはずれの階段を指さして、

「あれを昇って、そこできいてください」

なんだい。答えしぶるなってんだ。

附近住民には東口など常識なのだろうが、東口出札口の告知にも、東口とは記してなかったよ。

その夜、千住の友人の家に一泊。仙台おきの地震とやらを、近くを通る電車の響きと思っていた。

肉には大根おろしが……

突然、変な方角に吠えつくようだけれども（目下、私は鬱の時期に入っていてなんの理由もなく機嫌がわるい）、街の食べ物というものにあまり魅力を感じなくなってしまった。もちろん、ただ単純にまずいというのでもない。

もともと私は食いしんぼうで、死因は食いすぎに限ると思っているほどだから、あちらこちらに名手と尊敬する料理人が居て、そうした店に行って食べるのを無上の幸せにしていた。その気持がどうもすこしうすれている。

その附近にでも居てついでに寄るというならともかく、わざわざ出かけて行くほどの欲望を感じない。年をとって食欲が衰えたのでもないらしい。というのは家の中では、あいかわらず、食べまくっているから。

どうしてそういう気持になったか、そのきっかけははっきり覚えている。一昨年の十月、韓国のソウルに行ったとき、つかこうへいさんと一緒に、毎日、ソウルの下町で食事をした。金殿玉楼ではない。屋台に毛の生えたような小店ばかりだ。私は毎日びっくりの連続だった。朝鮮料理の店は日本にもたくさんあるが、まるで月とスッポンほどもちがう。日本の店は日本人の口に合わした朝鮮料理まがいのものを出しているわけで、韓国の人たちは、あんなヤワなものを食ってない。

どういえばいいのか、その差の説明がむずかしいが、たとえば蛸《たこ》を頼むとしよう。店頭の水にさらした中から、小ぶりの生きた蛸を取って、トントントンと刺身包丁できざむ。それを平皿に盛って、酢味噌につけて食べるんだけれど、二センチぐらいに切れた足が、尺取虫みたいにもごもご動いて、放っておくと皿の外に出て行って散らばっちゃう。箸で戻そうとすると、吸盤で卓に吸いついて——。

口ン中に入れると、舌に吸盤が吸いついてくる。美味なんだかなんだかわからない。焼酎でぐっと呑みこむと腹ン中でも動いてるようで。

生きがいいから、新鮮だからびっくりしたというわけじゃない。蛸でなくたって、たとえばビビンバだ。アツアツの、手を触れるとやけどをしそうな鉄鍋にドサッと野菜御飯が入っている。底の鍋とふれているところは焦げているらしく、香ばしい匂いがする。アツくて辛い。その中に顔をおしつけるようにしてもりもり食ってしまう。キムチだってそうだ。辛みだけでなく、味が濃くて深い。

一つ一つの料理に精があるというか、勢いがある。ぼんやりしていられない、一生懸命食べちゃわないと、食べ物に負けそうな感じ。

ものを食うって、こういうことだな、戦いなんだな、と思った。ソウルの人たちは皆そういう迫力で食べているようだった。それでこそエネルギーになるのであろう。

日本の焼肉屋はダメだ。朝鮮料理の干物だ。新宿の職安通りにムギョドン（漢字がわからない）という店があり、あそこはまアまアだ、とソウルの人に教えてもらった。

早速行ってみると、綺麗な店ではなかったが、ここはなるほどソウルの食べ物の匂いがした。日本風ではなかった。けれどもやっぱりその迫力において、ソウルの下町の、変哲もない小店にかなわない。それから、つかこうへいさんの母上がこしらえてくれた参鶏湯《さむぎょたん》やキムチの迫力にかなわない。ソウルの人はこの一点で幸せだと思う。

朝鮮料理の店だけではないのである。東京はあらゆる国の料理店があるが、多分、どの料理店も何かを失なっている。

たとえばヴェトナム料理の店もだいぶふえてきたが、肉やキュウリや辛味噌を葉ッぱで巻いて食うジャアジョウ、あれだって、私はおいしく食べていたが、日本的ジャアジョウで、本場の野性味を欠いた上品なだけのものなのではないか。ニュクマム（これもカタカナでしか書けない）というヴェトナム風タマリ醬油のごときものも日本では手に入りにくいというし。

なかんずく、私が失望しているのは和風の料理店、日本料理を食べさせてくれる高いばかりでヘナヘナ料理を出す店についてだ。私は貧乏人だが、商売柄、対談や会合などで、たまにそういう名店に行くことがある。板前割烹ぐらいなら手銭でも行く。いろんな（それなりに凝った）皿が出てくるけれども、何ひとつ食ったという気がしない。

昔、殿さまがさんまを食いたいといいだしたので、下魚に当ってはいけないとお側衆が気を使い、さんまを蒸して油ッ気を完全になくしたものを供したという話があるが、日本料理というものは、完全に殿さまか老人向けにできていて、ただ害がないというだけのものにすぎなくなっているようだ。

物を食うということは、生ある物を嚙み殺しているので、実に不道徳なことなのだが、自分が生きるためにやむをえず食わねばならない。そういう原則が、永い平和のためにいつのまにか忘れられてしまって、ごく当然の行為のようになっているようだ。

自分が食わねば相手が食いついてくる、食うか食われるか、そういう気構えがなくなった。だから、姿が美しい、色合いがいい、歯ざわりがすてきだ、なんてことばかりが食物の目安になる。美意識ばかりで料理を造る。

ソウルに行って、はからずも、私自身が忘れていた食の原則を思い出した。私の年代は、戦争中にそれこそ、人を蹴落して一個のさつま芋に食いついていたのだ。

どうも今、食べるということの本来の荒々しさを忘れて、肥えることだけを警戒しながら珍味佳肴ばかりをありがたがっている。何を食っても、相手を食いつくしたという満足感がない。

そこへいくと家庭のお惣菜は、職人ほどの美意識がないだけでもいい。美意識の代りに、場合によっては、心がこもっていたりする。

私は今、肉というものは、どう調理するにせよ、大根おろしと一緒に食うのが最上と思っている。

欧風料理の肉のつけ合せは、まずポテトだ。その次に人参や青い物。私はポテトも大好きだけれども、肉のつけ合せでポテトが当然のごとくおさまっているのが気にいらない。

西欧は、青首大根なんてものが無いようだから仕方がないが、日本の料理店で肉のつけ合せはポテトときめこんでいるのはなぜか。

「肉のつけ合せは何にいたしましょう」

「大根おろしがいいな」

「畏まりました」

そういうところがあってもいい。

他の客が、ジャムを塗って食べたいといったら、ジャムを持ってくるがいい。

形式が渋滞すると頽廃がはじまる。もっとも目下は世紀末だそうだから、ちょうど周囲にマッチしているのかもしれない。

くたばれ、エイズ!

黒鉄ヒロシさんは高知の名酒「司牡丹」の次男坊で、それゆえにこそ高知県の悪口を自嘲気味によくいう。

「あの県はね、離婚率が日本一なんですよ。それから貯蓄率が低い方の日本一。まだありますよ、宝くじの売行きが、人口比で先年まで日本一でした。なんだかしようがないような、楽しいような県ですね」

私などはそういう県に行って暮したいような気になるが、黒鉄さんは、まァまァ、と両手で押しとどめる。

「あのね、エイズの女性患者が早くも高知に出たでしょう。それで看護婦さんまでなっちゃった」

「さすがだな」

と私も調子を合わせるが、なにがさすがなのかわからない。

「しかし、これからどの県でだって、エイズの患者は出てくるでしょう。べつに高知に限らずに」

「いや、高知は先進国です」

と黒鉄さんはもうご機嫌である。

「離婚率が日本一、それで貯蓄率が最低でしょう。いかにもエイズのウィルスが気に入りそうなところだよ」

「エイズが気に入りそうなのは福島県だろう。エイズ磐梯山といって」

臆面もなく駄ジャレが出るほど、我々はもう酔っている。四谷から世田谷に移って、酒場がわりに寄っていく友人地獄から解放されたと思ったら、お互いに家が近くなってしまって、世田谷辺で呑み合うようになった。

「エイズの男性が移した三人の女性のうち、一人は県外に逃げてっちゃって、行方がわからないんですって。もう一人は、検査を拒否しつづけてるの」

「わかるねえ。どうせ治らないンなら、死のスタンプなんか押されたくないや」

「逃げてった方も、どんな思いで暮らしてるかなァ」

「クロちゃんがそうなったら、どんなことになると思う」

「心気を澄まして、芸術的制作に——打ちこまないなァ」

「三億円強盗ってのはどう」

「俺ァエイズだぞ、っていったら誰も追っかけてこなかったりして」

「うん、普通の接触では移らないといわれたって、まだわからんものねぇ。学説が変って、空気伝染もありうる、なんてことになるかも。医者のいうことは急に百八十度変ったりするから」

「今だって、宇宙人が撒いてるんだという説がありますよ」

「俺みたいに、もう立たないというのが一番気楽だな。ざまァみろ」

「わかりませんて。手術の可能性は一番あるでしょう。輸血でね。阿佐田さんがエイズになったら面白いだろうね。誰かに移したら、その人、エイズとナルコレプシーを両方貰っちゃって、かくッと眠っちゃう。エイズナルコって。それから睡眠発作が流行って、誰も働かなくなっちゃう。エイズはいいけど、エイズナルコはおそろしいとかって」

「そういえば、俺、この頃痩せてきたんだ」

「どのくらい——?」

「二キロぐらいね」

「ロック・ハドスンが痩せはじめてきたときにね、ダイエットが成功したぞって方々に電話をかけて自慢したんだって。馬鹿だねぇ」

そこに井上陽水夫妻が現われる。

「この中で一番エイズにかかりやすいのは、陽水だろうなァ」

「どうして——?」

「ロック・ハドスンにちょっと似てる」

「ウフフ、いやなこというねえ」

「こんなに外国人が好きだった人がね、この頃、外人がそばにくると、シッ、シッ、っていうんだって」

「うそをつけ」

「エイズのウィルスは熱に弱いっていうけど、風呂に入ったぐらいじゃ駄目だろうね。だって風呂の湯で死ぬんなら、体温の中で生きてるはずがないものね」

「エイズはアフリカ育ちだもの、熱に弱いわけないよ」

「ミドリ猿から伝染したんだってね」

「そうすると猿とやった奴が居たわけだな」

「安孫子素雄さん（ドラえもんの藤子不二雄の片割れ）がこの前アフリカに行ったでしょう。現地のお祭りで、夜、森の中で火を焚いて踊ってるのを眺めていると、隣りにミドリ猿が来たんだってさ。安孫子さん、女の子だと思って抱き寄せてね。銀座の女とちがって抵抗しないから、調子に乗って、木立ちの中に連れこんで一、二発やったんだって」

「本当かねえ」

「それで安孫子さんどうしたの」

「ピンピンしてますよ。あの人は運が強いから、エイズなんかにならない」

「ミドリ猿はどうだったのかな」

「あ、そうか。ジャングルの方でエイズが猛烈に流行したりしてね」

「フランスじゃ、自分がエイズだと知っていて、うつしたら殺人罪だってね」

「それじゃ、ますます検査に行かなくなるな」

「いいじゃないか、殺人罪だって、どうせ死ぬんだから」

「オヤ、開きなおったね」

「うつすとなったら、誰にうつしたい」

「中曽根――」

「中曽根と同衾《どうきん》するのかい」

「首相官邸に血を送る」

「そんな血、使わないよ」

「じゃ、パーティーかなんかで嚙みついちゃう」

「ドラキュラだね」

「エイズを移したいアイドルベストテンなんていいね」

「向こう一年間に、誰がエイズになるか、当てっこしようか。十人連記制だよ」

「ジャンル別にしても面白いね」

「この前、ＣＭのスポンサーたちの席で誰かが似たようなことをいいだしてね、商売柄、実に彼等はくわしいね。誰がゲイ趣味があるかを、よく知ってる。びっくりするような役者の名前がずいぶん出てきた」

「でも、うつるのはゲイばかりじゃないだろう。穴の狙いはゲイじゃない人たちだなァ」

「俺は野球の世界から出てくると思う。よくキャンプで国外にも行ってるしね」

「スポーツ選手はね。マラソンなんてのも穴だな」

「精根使いはたして、それどころじゃないだろう」

「使いはたしたところをやるから、抵抗力がなくて、モロにうつっちまう」

だんだん話が物騒になってきた。しかし、エイズが酒の肴になっている今のうちはいいけど、そのうちどうなることやら。

脇に寝かせておいた陽水家の子供が眼をさまして、むずかりはじめた。

私のところも黒鉄家も子供を造らなかったが、陽水家には、実にかわいい子供が三人も居る。この子たちがエイズの恐怖にさらされるとは想像しにくいが、まァこれからの子供たちも、大変だなァ。

芝居の客は女だけ

いつも不思議に思うけれど、映画館のガラガラというのは珍らしくないが、芝居のガラガラにはあまりお目にかからない。もっとも芝居といったって、小公演も合わせると東京だけでも大変な数になるようだから、中にはガラ空きなのもあるのだろうが、私の行くところは、大体八割以上は客が入っている。

但し、どんな芝居でも女性のお客さんが過半数だ。大劇場はもちろん、新劇などでも女性が多い。中には男の見る芝居もあるが、そういうのでもやっぱりお客さんは女性。本当に女性はヒマと金があるんだね。

久しぶりで都心に出て、まず渋谷パルコの「ピロキシーブルース」をのぞく。土曜だからマチネーがあるのだ。

真田広之クンの芝居だから、もちろん女性客が大半だ。ところが内容は軍隊劇で、ほとんどの場面が兵舎内の話。ニール・サイモン（「おかしな二人」の作者）の作品にしては珍らしく笑いがすくないので、お客さんは少々モタれている感じだが、若い役者たちが熱演している。

真田クンは主役だし、キチンと演っているのだが、「麻雀放浪記」の坊や哲同様に狂言回し的な役どころで、どこかもう一つ線が細い。脇役の性格のはっきりした人物に場面を持っていかれてしまうことがある。

しかし、アメリカの中流家庭の息子が軍隊ではじめて世間を覚えていく、その清潔な感じはよく出ている。少年から成人に至るまでの中途半端な年齢、こういう役で他を圧する印象を与えるのはむずかしかろう。ヴィヴィッドに演ずるだけではどうしても線が細くなる。真田クンは頭もいいし、人柄も素直だし、まちがいなくいい役者になる人だが、ここの二、三年が胸つき八丁か。

久しぶりに楽屋に寄ってみようかと思ったけれど、若い女性が群をなしてつめかけているので、そのまま外に出る。

私はすぐ眠りこけてしまう病気があるので、外出の折り、特に芝居など見るときには発作止めの薬を多量に呑んで出て行く。そのため胃をやられて、ものすごく喉がかわく。家に居ると鉄観音茶を毎日、一升も二升も呑んでしまうが、外では不便だ。

パルコ一階の喫茶店に這うようにたどりついて、アメリカンコーヒーを呑む。どうもここも女性客ばかりで、それも美人ばかりで、皆それぞれ楽しそうだ。

男はみんな働いているのだろう。かわいそうな男たち。

身体に少し無理だと思ったが、新宿に出て、小松政夫ひとり芝居というのに行く。小松政夫というのは、あんまり玄人ぽくなりすぎて、今のテレビではいくらかはずれているかもしれないが、森川信の再来を思わせる器用な役者だ。

こちらは小さなホールだったがやはり満員で、パルコより少し年齢層が高い。男性客もかなり居る。作者の高平哲郎さんが入口に居て席に案内してくれる。見ると隣りが坂田明さん。青島幸男一家、白石冬美さんなど、顔なじみもチラホラ居る。

「ワープロは使ってる？」

と隣りの坂田明。

「いや。手書きさ」

「あれ、面白いよ。今ワープロで遊んでるんだ。漢字の熟語を押してみるの。もう考えられないような、同じ音で別の字が出てくるんだよ。それ見て一人でケッケッ笑ってる」

「やっぱり文章はこちらで考えるんだろう」

「文章？　そりゃそうだ」

「ひとりでに向こうから文章が出てくるんならいいけど、こっちが作るんじゃ便利でもなんでもねえや」

「そういやそうだ。でもたくさん書いてると書痙《しょけい》になるだろう」

「書痙になるほどたくさん書かないからね。でもワープロでも、マージャンダコみたいのできないかい」

「どうだろうな。そのうち、やっぱりできるかもしれないね」

「ピアノをひくよりは楽か」

「ピアノは音があるからね。続けてひく気になるけど」

「ワープロだって音を出せばいい。ドの音とか、ミの音とか、字によってさ」

「天皇制反対って、ワープロで押したら偶然、メロディが君が代になったりしてね」

「ラブレター出すつもりで押してたら、〽見よ東海のゥ※」

「古いね」

ざわざわしゃべっているうちに、幕が開いた。

小松政夫のすばらしいところは、大劇場の芝居、小劇場の芝居、舞台の大きさによって、キチンと寸法を計算して演じることだ。近頃、そういう役者が本当に居なくなった。けれども、どちらかというと、小さいところ、中くらいまでのところで真価が発揮されるのじゃなかろうか。

昔は小劇場がたくさんあって、ムーランルージュとか、それなりの名声を博していたものだが、今はマスの時代で、ちょっと不便だ。なにしろたくさんの人にアピールしなければならないからね。

地方に行ったって、県民会館とか、文化ホールとか、皆、いれものが大きい。

昔、東洋一の大きさと誇っていた浅草国際劇場は、あんまり広すぎて、ただスケールのみのレビューしかやれなくなっちゃった。

踊子が、眼の横に泣きぼくろを描くとする。当時の五銭玉ぐらいの大きさで、ほくろを描か

※『愛国行進曲』の歌い出し。

ないと、二階三階のお客に見えない。二階ではそれがほくろに見えるかもしれないが、一階の前の席では、なにかごみがついてるのか、と思っちまう。

芝居だって、ちょっとよろけてみせても、三歩も四歩もよろけないと客にわからない。そんな芝居、面白くないよ。やっぱり大きけりゃいいってもんじゃないようだ。県民ホールだとか、市役所とか、博物館とか、公共の建物ばっかり立派な町がよくある。それで税金を払っている方はウサギ小屋みたいなところに住んでいる。

猫の額ほどのせまい舞台の小松政夫は上出来で、よく笑えた。それで、いつもならばどこかへ呑みに出かけるのだけれど、今日はそんな気がしないので、電車で帰る。

家へ着くとまだ十時半である。しかしヘトヘトに疲れた。お芝居を二つ見たって、数年前はまだ平気だった。それが、ぐんぐんおとろえて、今、私はどこから見ても老人である。自分一人で外に出ているときは、よほどのことがないかぎり、食事をしない。食えば、ところかまわず眠っちゃうからだ。

でも今日は、なんの事故もなく、巣に戻れただけ幸せだった。めでたし、めでたし。家人がまだ起きていて、

「タケちゃん、コート着て行ったんでしょう。コートはどうしたの」

しまった。どこかへ忘れて来ちゃった。

でも身体だけでも帰ってきたんだもの、そんなに怒らないでおくれ。

近頃タクシィ噂話

今、私のまわりでは、個人タクシィに対する評判があまりよろしくない。どうしてだろう。個人タクシィが一番乗車拒否が多いそうである。

「夜ふけに乗るとね、お説教してくる人が居るんですよ。こんなおそくまで何してた、とかね」

という編集者が居た。

年配だから、説教魔になっていたのかな。

しかし編集者なんてものは、深夜だとか夜明け近くまで仕事をしていることが珍らしくないので、そこを説教されたら不愉快であろう。どうも世間の人というものは、昼働いて夜寝るという概念で他人を見がちなものだ。自分だって深夜働いているくせにね。

カミさんが私の仕事場から、深夜、自分の巣まで帰る。どうせなら個人タクシィに乗れ、といってある。すると、年配の運転手さんがけっこうからかってくるらしい。深夜乗る女性は水商売と、定めちゃっているところがある。

以前、私ばかりでなく、個人タクシィは安全、という信用があった。おとなしくて律儀な運転手が多い。長いことこの道一筋に、という感じで、話していてもなかなか味わいがあった。

どうしてそうじゃなくなっちゃったんだろう。

個人で雇っている代役運転手が居る、という意見がある。たしかに個人タクシィを運転している若い運転手も居る。居たっていいじゃないか。毎日、二十四時間運転していられるわけはないのだから。タクシィ会社では二人一組が常識だ。それに病気の場合だってあるだろう。

しかし全部が代役ばかりではあるまい。年配者の質が、昔より落ちたのか。近頃の年寄は、なっちゃいねえ、か。

だから、選ぶなら個人よりも、大手の会社がいい、という意見もある。運転手の教育がキチンとしているのだそうだ。

そういえばこの頃、ムッと押し黙ったきり、という運転手さんがすくなくなった。乗ると、まず天気の話をしてくる。

「だいぶあたたかくなりましたね」

とか、

「もう桜が咲きはじめましたよ」

とか。

極端なのは、

「昨日は雨だったけど、今日はいい天気ですね、明日は多分――」

揃いも揃って天気の話をするから、多分、そう教育されているのだろう。

しかしね、天気の話などクソつまらない。一日に何度もタクシィに乗って、また天気の話かということもある。サービスを受けて文句をいってはいけないけれど、教育というものは、かくのごときものでしかない。

いったい、教育なるものを受けて、素直にそうしようと思う人は、もともと好人物なので、教育の必要なんかないのである。ひるがえって、好人物でない、剣呑な人に、教育の効果がどれほどあるだろうか。

但し、大手の会社の方が、事故などがあったとき、処理が誠実かもしれない。

乗車拒否についても、私は以前から、世論ほどには悪質なものに思ってない。深夜に、盛り場に一直線に向かうタクシィが、手をあげても停まらない。たしかに不愉快だけれど、もともと商売というものは、商売をする方の都合によってはじまっているのだから、タクシィの都合を強引にねじふせようとしても無理であろう。客だって自分の都合で手をあげているのである。金を払うのだから王さまだ、という考え方にあまり賛成でない。客こそ王さま、というのは商売人の方の宣伝文句であって、客がそこまで権高になることはない。金などは、符丁みたいなものだとなるべく思いたい。どこかで少しずつそう思っていかないと、金銭万能が極限に行ってしまう。

したがって、タクシィは、見知らぬ運転手の手を労して、自分の都合を満たして貰うのだ、と考える。自分の都合を押しつける以上、他人の都合も認めてあげなければいけない。

一夜、タクシィの運転手が、おナラをしたのをきいたことがない、という話になった。坐ったきりだから、ガスもたまるだろうに。

空車で流している間に、窓をあけて、まとめてするのではないか、という説が出た。しかし中には腸の具合のわるい人も居るだろうけれど、雑音に消されてしまうのか。

客を乗せたくないときに、

「すみません。今、おナラが出そうなので、失礼ですから」

というのは、粋な乗車拒否ではあるまいか。

近頃はタコメーターというのが、すべての車につけられていて、往年のように競輪場でギャンブルをやって、帰りの客で稼ぐとかいうようなことができなくなった。メーターに監視されて、小休みもなく働かねばならない。

ある会社では、二十分以上、停車してはいけないのだそうである。絶えず流してなければならない。円高でガソリンが安いかもしれないが、動いているより停めておいた方が経費がかからないように思うけれど、ちがうのかなァ。

ホテルや駅などで客待ちしているのはあれは別のシステムなのだろうか。

吉行淳之介さんはいつも五百円札を用意している。ホテルで客待ちしている車に乗るとき、チップとして渡すのだが、たしかに近距離などの場合、長いこと客待ちしている車に乗るのは気を遣う。

どうも私は、運転手さんとは気易くなる方である。ひとつには、政治家と癒着して、勝手なシステムを作っているタクシィ会社なるものに好感を持っていないせいもある。個人タクシィの資格があれだけうるさいくせに、会社で雇う運転手は甘く入れてしまうらしいのも理に合わないし、個人タクシィが自分の持ち車を増やせないのもおかしい。

私の子供の頃は、自分の家に車庫を作り、二、三台の車を運転しているタクシィ屋さんなるものがどこにでもあって、職人が独立できるようなことになっていた。今の運転手さんは、晩年にそういう希望が持てないのではないか。儀礼教育などよりそういう道を開いた方が、ずっと質が良くなるのに。

ところで、たまに記事になるが、案外すくないのが、運転中の急死である。どうしてすくないのか。やはり緊張をしているせいだろうか。しかし、心臓麻痺、脳溢血、不時の死はいつおきるかわからないはずで、高速道路などでそれがおきたら、と思うとおちおちタクシィに乗っていられない。これはもう運でしかないのか。そうなると扉が客の手ではなかなか開かないのも気になる。

ロンドンには特別の資格の箱型タクシィがあって、運転手は実に親切だし、安全運転だ。きくところによると、この資格をとるのは非常にむずかしいらしい。そうして、このタクシィの運転手は社会的にも尊敬を受けている。

日本にもぜひそういうタクシィをこしらえるといい。値段は普通より高くても客は乗るだろう。

理想の仕事があれば

旅をしていると面白い人に会う。

四国松山、道後温泉の宿の大風呂に、朝おそく（つまり、十一時頃だ）入りに行くと、ちょうどすいている時間らしく（チェックアウトタイムなので）誰も入っていない。と思いきや、湯気のせいか目立たなかったが、隅の方に若い男が桶を抱いて、タイルの上にあぐらをかいていた。

それはいいけれど、ときどき身ぶりをまじえながら、小声でなにか絶えずしゃべっている。痩せて色の黒い若者で、はじめは、精神異常者かと思った。湯にあたたまりながら、きくともなくきいていると、若者がしゃべっているのは、相撲の実況中継らしい。かなりの早口でよどみなく、立ち上ってからの取り口の描写をしている。テレビのアナウンサーは絵が出ているせいでそれほどしゃべりまくらないが、彼のはラジオのアナウンサー風で、のべつしゃべっている。各力士の特長、身長体重などもでたらめではないらしく、琴ケ梅、一七九センチ、一六八キロ、なんていっている。

私が注目しているのを感じると、やめてしまう。が、またいつのまにかしゃべり出している。視線がチラと合ったときに、思いきってしゃべりかけた。

「くわしいね、相撲が」

彼ははずかしそうにうつむいた。

落語や漫才の若手もよくこうやって稽古するときいている。

「アナウンサー志望なの？」

「ええ――」と明確な返事が返ってきた。

「相撲のアナウンサーになりたいです」

「相撲専門か」

おとなしそうな青年だ。それにしても本場所もやらない四国で、力士になりたいのでなく、相撲のアナウンサーになりたいというところが、今ふうだ。

昨日の取り口をテレビで見ておぼえて彼流に描写しているらしい。

「放送局の試験でも受けているの」

「――いえ」

とまた口ごもった。そういう現実的なことではなくて、ただ相撲実況をしたいという熱意だけでこりかたまっているらしい。察するに病気かなにかで学業を休んでいるかして、アナウンサーになるという希望だけが、今、頭をしめているのだろう。

「馬鹿みたいに見えるでしょ」

「いや、そんなことはない。男は好きな仕事を持つべきだよ」

「でも、どうしたらいいかわからないです」

「うん、やっぱり大学は出なくちゃいかんのだろうね」

私は具体的な方法論を避けて、平凡な質問をした。

「力士じゃ、誰が好きなの」

「全員です。皆、好きです」

そりゃそうだろう。誰が好きなんて段階を超えているのだ。

地元の人かもしれないし、旅客かもしれない。しかし、実況に関しては立派な標準語だった。今の若者は皆、地方弁と標準語と二通りしゃべる。

「君がアナウンサーになる頃、人気力士になっているのは誰だと思う」

「今の十両なら、玉麒麟と北勝関です」

若者は急に雄弁になった。

「幕下までは二人とも本名でとっていて、玉麒麟は田上、北勝関は久我。玉麒麟は身体が柔らかくて足腰がいい。今の蔵間みたいなタイプ。北勝関はもっと身体も大きくなるだろうし、大関になるかな。序ノ口からずっと六勝一敗できてね。同じ部屋の藤ノ川よりいいですよ」

「くわしいねェ」

「その場所の取り口なら大体憶えてます。大阪場所初日の双羽黒＝益荒雄戦をやってみましょうか」

彼は淀みなく実況を再現してくれた。才能といえば才能である。もしアナウンサーが選挙で生まれるものなら、私はこの人に一票を投ずるだろう。

けれども現実は、多分そういかない。彼は一人でひそかに燃えているだけで、スポーツアナになるための現実的努力はあまりしないだろう。試験すら受けないのではないか。そうしてそのうちに家業をついだりしてしまう。私にはどうもそう思える。

一番なりたい職業につける人間は幸せである。ところがそうなるためにはいろいろな意味で恵まれなければならない。普通の人はまずその手がかりを得るためだけでも、大きな賭けが必要だったりする。

湯から出て、現実がなぜそういかないか、ぼんやりと考えこんだ。

そういえば、昔、私のところに迷いこんできた一人の青年を思いだした。彼も四国の出身で、高知市から飛びだしてきたという。二十歳か、その前後だったろう。

私のところに単身で訪ずれてきて、

「競輪評論家になりたいです」

といった。新聞の予想記者はいたが、競輪評論家という言葉すらなかった頃のことだ。

彼は土佐ッぽらしい精悍な顔をしていたが、高校時代に早くも競輪の虜になって、学校をやめ、東京に飛び出してきたらしい。それで新聞社に行ってまず予想記者になりたいといったが、相手にされなかった。

当り前である。競輪狂が記者になったって長続きしないのは眼に見えている。なにしろ連日ギャンブルの現場に居るのだから。むしろ予想記者はギャンブル嫌いで、記者になってはじめて競輪を知るくらいの人でないと勤まらない。

それで万策つきて（？）私のところへ来たらしい。

他のところは何ひとつ感心しないが、まだ世の中には存在していない競輪評論家になりたい、という創意のようなものその一点を買って、しばらく私のところでぶらぶらしていろ、といってしまった。

競輪で食うつもりだ、とか、競輪を職業にしたい、とかいうのだったら相手にしなかったろう。似たようなことだけれど、微妙にちがう。競輪評論家、という言葉には、それなりに彼の夢がこめられており、そういう生き方を社会に認めさせてやるという気概のようなものも感じることができる。

それでしばらく私の家の小部屋で寝起きしていた。書生ほどの役にも立たなかったが、たまに私が競輪に行くときなど嬉しそうについてくる。

人柄も案外すれてなくて、私の所にくる編集者たちとも次第に親しくなり、なかにはがんばれと励ましてくれる人も居たらしい。しばらく彼の人となりを眺めていて、よさそうだったら競輪関係の就職口でも世話をしてやろうかと思っていた。

二ケ月たらずで、彼の辛抱は限度に来たらしい。ある日を境にひょっこり居なくなった。押入れに突っこんでおいた8ミリの撮影機がなくなっていたのは、質屋にでも入れて、故郷へ帰る旅費にしたか、競輪でもやって無くしたか。

ときどきどうしているだろうと思う。どこかで定職にでもついていればいいがなァ。

ある老ファンのこと

今、競輪の日本選手権というものを観戦しに、千葉に来ている。いわゆる競輪ダービーと称されるものであるが、競馬のようにダービーというレースが一鞍あるだけではない。四千人余りの選手の中から、強い方の百数十名が選ばれて出場してきて、六日間にわたって勝ち抜き戦をやるわけだ。

したがって、すっかり観戦しようとすると六日間かかる。このいそがしい世の中に、六日も仕事を放棄して競輪にあてるわけにいかないから、ファンはそれぞれの条件の中で、何日かヒマを作ってやってくるわけだ。

私だって、競輪ばかりやっているわけにはいかない。ところが、近年はあるスポーツ新聞社の要請で、素人予想をのせているので、なんとか仕事をやりくりして、期間中は記者席に居なければならない。仕事道具をバッグに詰めこんで、昼間はレースを見ながら、小説原稿を書き、夜はホテルでまた机に向かう。

それがなかなかうまくいかない。原稿に向かえば車券戦術がお留守になり、レースに眼を転ずれば原稿がはかどらなくなる。おまけに年一度の大レースであるから、全国のファンが群り寄って、あちこちで、やあ、やあ、ということになる。

なにしろギャンブルの道はけわしくて危険をしのいでやっているのだから、お互いの挨拶も単なる世辞ではない。

お互いによく続いていますなァ。

なんとか戦死だけはまぬがれていますよ――。

という意味を含んでいる。ファン同士は戦友のようなものである。

私はざっと四十年、競輪の創生期の頃から眺めているのだから、ファンとしては古い。近年は年に数えるほどしか行けなくなったが、古い常連は大体、顔ぐらいは見知っている。

けれども年月がたつと、当然のことながら、新陳代謝があって、亡くなった人も多いし、老いて顔を見せなくなった人も多い。夏草やつわものどもの夢のあとで、かつて面白く遊び戯れた戦友たちの顔も、ずいぶんすくなくなった。

「やあ、相変わらずご活躍で」

近寄ってきた老人があった。

「あ、お元気でしたか。これはまたおなつかしい」

私も顔が笑み崩れる。競輪場でしか会わないけれど、ざっと三十年余の知己である。そのYさんは八十歳をとうに越して、まだ足どりも確かだ。

「サンちゃんが、亡くなりましてね」

「えッ――!」

「昨年の競輪祭の頃でしたかな。ハワイから帰って、その夜、疲れているのに徹夜麻雀をやったらしいんですよ。朝の十時頃、もうこれでやめようといっていた最終回のオーラスに、牌をツモったとたん、くるッとうしろを向いちゃったんだそうです。どうした、なんて仲間がいってるうちに、一瞬、すごい形相になったといいますね。それでもう駄目。救急車が来たときには、こときれていたんだそうですよ。ほら、麻雀放浪記の出目徳みたいに――」

「――しかし、いい死に方じゃないですか。好きなことをやって、半年も病院で寝て苦しむより、いいな」

「それはそうですがね」

「サンちゃん、いくつだったでしょう」

「——五十はすぎたんじゃないかな」

「ちょっと早いですね。いい死に方にしても」

「早いですなァ。サンちゃんが好きだった選手を、今度は奴の代りに買ってやってますよ。香典代りに」

もう十年以上前になるが、若い頃のサンちゃんをモデルにした小説を書いたことがある。「ズボンで着陸」という題名で、大事なお客と一緒に競輪場を流れ歩いている若いフーテンの哀歓を書いたものだ。

サンちゃんは学生のときに、小田原競輪でアルバイトをしていた。そのときに売り場に居て競輪というものを知った。また家庭教師のバイトもしていたが、教えていた子供の父親が競輪狂で、いつのまにか父親に頼まれて、かわりに車券を買ってくる係になった。

それで本人もすっかり競輪に夢中になって、卒業後も、その父親の会社の形ばかりの社員になり、毎日、金を預かっては競輪場に行くようになった。

そんなことで、正常な社会から横道にそれたのだったが、でも、彼にしてみれば、悔いのない人生だったのではなかろうか。わりに眼はしがきいて、それなりにちゃっこかったが、実は臆病で気のいい男だった。

ここ十年ほどは、別の仕事がいそがしくなって、競輪場に姿を見せなかったらしいが、麻雀はあいかわらずやっていたと見える。

麻雀をやりながら死ぬ、というとなんだか珍しい死に方のようだが、案外そうでもないのではないか。このサンちゃんのような例は、私が知っているだけでも、五、六人ある。

Yさんはいくらか自慢そうに、私にこういった。

「実は私も、昨夜、徹夜麻雀をやりましてね」

「えッ、まさか」

「本当。一睡もしていませんぜ。私、八十三だが」

「英雄ですなァ」

Yさんは大口をあけて笑って、小指を立てて見せた。

「この方もね、まだまだです」

「ふぅん――」

私などは還暦前で、もういけない。

「ですがね、内容がいけません。麻雀すればボロボロ負けるし、女にはバカにされるし」

「アハハハ」

「負けていいんですよ。あたしは、これが医者の治療代だと思ってます。八十をすぎて、そんなところで勝ってた日には、そうとう健康運まで使いはたして、死んでますよ」

「すると、車券の方も、当らないンですか」

「ええ、ええ、競輪も、医療費。なァに入院したと思えば」

私はY老人の次のレースの狙い目をきいて、わざとそれをはずして車券を買った。

なんと、Y老人の第一本命が来たのである。七七〇円もついて、私の手の中の車券は皆パーになった。

「取ったでしょう、このレース」

私は面目ないという顔をしてみせた。

「うっかり、買いはぐりました」

「なァんだ。あんなにいったじゃないですか」

「しかし、当っちゃまずいんでしょう。運を使いこんじゃって」

「なァに、死んでもいいと思って買ったんですから。あたしなんか、もういいんですよ。いつ死んでも」

Y老人はがっしりとした身体を人混みにまぎれこませて行った。

しかし、なァに、車券は当らなくてもいいのである。私もまだ、仕事が残っていて、そう急に死にたくもないのだからね。

桜パッと咲き

花の季節になった。近頃めったに家の外に出ないので、用事ができて外出すると、桜が咲きかけているのが眼に入ったりして、思わずドキッとする。どうしてドキッとするのかわからないが、貧乏ヒマなしで季節感のない部屋で仕事をしているので、もう春なのか、と驚くのであろう。私のような老境に達しかけている者には、自分の一生が駆け足で終ってしまうようにも感じる。

ところで、私は桜という花が昔からあまり好きでない。どうして花見などといって、皆わざわざ出かけていくのか。あの花の色は埃色ではないか。花咲爺さんが、ザルに灰を入れてパッと撒く。するとその灰が桜の花に変る。私には変化したように思えない。灰がそのまま枝に付着するのを、花だと思っているだけのことではないか。

満山桜、という言葉どおり、花で埋まっているようなところがある。東京でも上野の山とか、外濠沿いだとか、いまだに花の名所がある。四谷に住んでいた頃訪客の若い人たちとともに、酒瓶をブラさげて、外濠公園にブラブラ行ったことがある。

空地という空地が若い男女でいっぱいで、皆楽しそうにしている。なるほど、なまあたたかい夜気の中で酒を呑むのはわるい気分ではない。べつに花見じゃなくたって、酒を呑むのはいつだっていい気分だ。

私どもはやっと場所を見つけて敷物を敷き、グイグイ呑み交していると、若い人たちが勝手に女友達をみつけてくる。存外の美人が愛嬌よく一座に加わってくれたりして、私までフワフワして新宿の本格的な呑み屋まで行ってしまった。

それで、桜の花は、眼には入れたけれど、観賞するほどの余裕はなかった。

春は風が強くて、埃が立つ。私は髪の毛が長くて、手入れをしないので、風が吹くと髪が眼に入ったりしてうっとうしい。それで埃と花の印象がくっつくのかもしれない。

花は嫌いだが、人々の頭上に、花びらがチラチラ降ってくる風情は悪くない。あれは豪華な気分になる。元禄花見踊りというのも、踊りの手ぶりより、散り舞ってくる花びらが効果になっている。

花は桜木人は武士、というのは戦争中までの日本人を飾っていった言葉だ。散りぎわのいさぎよさがいいという。でも咲いているからこその花だ。散ってしまったんじゃ意味がない。あの言葉の印象のわるさも、花嫌いになった一因かと思う。

例外もあるぞ、と思いだしたのは晩春の京都嵐山である。四月の終り頃で、もう花どきは終っていた。嵐山の保津川の橋に立って嵐山を眺めたら、山の中腹より少し下のところに、おそ咲きの種類の桜であろう、一本、白く咲いているのが見えた。

全山若葉、その中に一枝だけ、咲いている。早緑の中の一点の花の色というのが、とても映えていろっぽい。嵐山を女性の顔とすると、ちょうど口もとのあたりで、チラと白い歯がこぼれてみえるという風情で、この桜は気にいった。桜は一枝に限るのではないか。

ところが、定見がないようだが、全山をおおう桜に圧倒された経験もある。新潟県の弥彦競輪場、あそこへ花どきに行ってごらんなさい。この競輪場は彌彦神社の境内のようなところにあって、弥彦山の裾野が一隅に入ってきている。この山裾が一面の桜で、これは本当に豪華な見物であった。もっとも同時に競輪であそんでいたからご機嫌だったのかもしれないが。

花どきに亡くなる人は極楽に行く、という言い伝えがあるが、どうも私の周辺は、毎年この季節に不幸がある。

今年も、縁者が二人、鬼籍に入った。伯母と従姉で、伯母は七十を越しているが、従姉はまだ五十代である。どちらも残されたご亭主の悲嘆が見る者の涙を誘う。

もう一人、歌舞伎の方で大器といわれた尾上辰之助さんが亡くなっている。まだ四十ちょっととかで、これも若い。

黒鉄ヒロシさんが、年頃も同じくらいで辰之助さんと大親友だった。辰之助さんがまだ元気だった頃、ほとんど毎夜つるんでいたのではないか。私も黒鉄さんを通じて、何度か遊んだことがある。まことに気持の大きい、魅力的な人物で、いつか一緒にラスヴェガスに行こう、などといっていたものだ。

「あんまり度はずれていい奴ってのは、人生の帳尻が合わなくなるんですね」

と黒鉄さんがいった。

「五％か十％は、下品で、ずるいところがないとね」

私は不摂生の親玉だが、もう燃えつきるだろうと自他ともに思いながら、辛うじてなんとか生きのびている。してみると、どこか、やっぱり下品なのか。

辰之助さんの通夜、葬式と、黒鉄さんは紀尾井町に通いつめていて、号泣したという。

その同じ日に、本年度の挿画賞が黒鉄ヒロシにきまったという報らせを受けた。ところが肝心の本人が居なくて、連絡がとれない。辰之助さんのところだろうと思ったが、吉報を届けるには場所が適当でない。

夜に入って知った黒鉄さんは、泣き笑いで疲労困憊したらしい。

不思議なもので、凶々《まがまが》しいことと背中合せになって吉事も来るものだ。

黒鉄ヒロシさんは漫画家として一家を成しているが、かねてから、モダンでメカニックな現代画を描ける人だとにらんでいた。それでこのところ、私の小説はほとんど黒鉄さんに画を描いてもらっている。そういうこともあって、彼の受賞は私も自分のことのように嬉しい。

この次は、いつか、近い将来に、黒鉄さんと五分五分に組んで、幻想的な絵物語りの本を作りたい。何年か前から二人でときおりその話をしている。

それはともかく、吉事も凶事も、突然やってくるので困る。私のように原稿のおそい者は、突然のことに時間をあける余裕がない。

ただださえおくれているところに、葬式の連続で、日程がよろめいているうえに黒鉄さんの受賞で、またひとつ事が重なった。けれども、なんとか乾盃をしなければならない。

そこで今、貴重な時間を考えながら、慌しく乾盃をしている。井上陽水さんとかまやつひろしさんもとりあえず来てくれた。これで辰之助さんが居たらなァ。

「おめでとう、賞金はいくら？」

と陽水。

「わからない。いくらだろう」

「またそれを皆で奪い合えるね」

「冗談じゃない。ご祝儀を貰わなきゃ」

うまいワインが何本も並んで、なかなか席が立ちにくい。どうも私は、おめでとうをいうのが好きで始末がわるい。

デマの世の中

昨日現われた某週刊誌の記者氏、仕事の一件が終ったところで、急に声をひそめて、

「あのォ、夏目雅子ですがねェ、やっぱり、エイズだったそうです」

「――白血病じゃなかったの」

「ええ、まさかエイズとはいえなかったんでしょう」

「そうかねェ」

「で、ご亭主の伊集院静ね、あの人は今フランスに居るんです」

「――――」

「例のロック・ハドスンが診て貰ったっていう病院ね、あそこに入院してるんですよ」

「すると、伊集院がエイズで、夏目雅子にうつしたってわけ？」

「そうなんですよ。彼もすっかり痩せおとろえて、見る影もないそうです」

「しかし、伊集院クンは、さっきまで、ここにいたぜ」

「えッ――！」

「遊びに来てたんだ。この前、競輪の日本選手権レースにも、一緒に行ったし大元気だがねェ」

「――どうなってるんでしょう」

どうなってるのか、こちらが訊きたいくらいのものだ。記者氏、いったんは飛びあがっておどろいたが、すかさず体勢を立て直して、

「それじゃ、伊集院さんがうつしたんじゃないんです」

「当り前じゃないか」

「伊集院さんと結婚する前に、夏目雅子がつきあっていた外人が怪しい」

まだ言ってる。それにしても、もう少し早く記者氏が現われていて、伊集院君が別室にでもいたら面白かった。

伊集院君はロペの仕事かなんかで、ときどきフランスやイタリーに行って、モデルを連れてきてファッションショーをやったりしているから、そういうところから湧いてきた噂にちがいない。

デマというものは、かくのごとく発生するというサンプルである。情報化時代とかいって、大量に情報が飛び交うけれども、真実の情報がどのくらいあるか。

偶然、私は伊集院静と友人だったから一も二もなくデマだとわかるけれども、もし交際がなかったら、そのまま信用はしないまでも、頭のどこかにその情報がこびりついてしまう。

なるほど、もしそうだとしたら面白いニュースだから、誰かと会ったときに、

「噂だけどね、伊集院静についてこんなことをきいたよ」

記者氏と同じく、そんなことをしゃべりたくなる。考えてみると恐ろしいことである。

情報を受けとる側は、常に、嘘か真実か、判断する力を持たない。あり得ることだ、というのが、ある、ということと同義語になる。

幸い私は、テレビを見ないし、新聞も雑誌もパラパラとめくるくらいだから、氾濫している情報にあまり染まらない。

たまに他人の家を訪れると、どこの家も、見ているかいないかはともかく、テレビが映っている。あれでは情報にまみれて頭が痛くならないかと思う。

たとえば、薬、というものの情報は、九割九分まで、発売元の広告である。一億総評論家などといわれて、どんな分野でも批評活動がおこなわれているかのように見えるが、案外にそうでない。薬に関する厳密に第三者の立場をとった批評家が居ない。居ても薬屋さん側の立場の御用評論家だ。昔から薬九層倍とはよくいったもので、効能は発売元が一方的に押しつけるだけで、それを認定する他者が居ない。

薬というものは、わるくすると生命にもかかわる品物でありながら、情報はPRしかないのである。他のものっとどうでもいいことには、たくさん評論家なるものが居るのに。

たとえば政治。これは野党なるものが居て、批評家の役割も果たしているようでもあるが、はたしてどうだろうか。狐の顔をして、実は狸という輩が多い。まァかりに夜店で、バナナが二百円だとする。

「高い、まけろ」

「いや勘弁してください。元値ぎりぎりなんだから」

「嘘つけ、百円にまけろ」

「殺生だよ、百円じゃ此方が損だ」

「まけないと買わない」

「他のお客も見てるじゃねえか。二百円で持ってってくださいよ」

「百円だ。こっちも一度いいだしたら退らないぞ」

「しょうがねぇなァ。じゃ、こうしましょう。中をとって百五十円だ。さァ持ってけ」

なんのことはない、そのバナナはもともと百五十円の物なのだ。つられて他のお客も百五十円で安い買物をした気になって買っていく。

客の代表のような顔をして、その実、売り手と癒着している野党が居る。何が正しくて、何が正しくないか、という判定もむずかしいけれども、そのうえにこの種の癒着情報が加わってくるから、いちいちつきあっていると混乱するだけである。

政治評論家も、情報の受けとり手にとっては百害あって一利なしだが、経済評論家という存在も、世間のためにはクソの役にも立っていない。

この世のことは、なにもかも、経済に帰一されるくらい重要なことだが、重要なことに限って、一方通行なのだ。

財界筋の茶坊主は居るだろうが、財界評論家が居ない。銀行評論家というのも居ない。銀行は権力筋とも相互癒着して自分で造ったイメージをニコニコと押しつけてくるだけだ。

株式相場の情報マンは居るが、株そのものを批評する批評家は居ない。したがって一般の人たちは、情報だけを頼りに右往左往することになる。

氾濫するのは情報であって、批評ではない。デマだかなんだかわからないものが、どこかから部屋の中に集まってきて淀んでしまう。そのうえにテレビをつけっぱなしにしているというのだから、さぞ空気がわるかろう。

私は、嫌煙権などより、嫌テレビ権の方が、よほど健康のためにも必要だと思うけれど。

ところで、それで思い出したが、数年前、阿佐田哲也があちらこちらの麻雀クラブを荒し回っている、という情報を再々にわたって受けとったことがある。

つまり、私のニセ者が現われたのだ。

大体において東京のはずれか、地方が多いようだが、それみろ、情報化社会などといっても、ニセ者が通用する隙がやっぱりあるのだ。

私の顔など、一般には知られていないにしても、麻雀をやる人なら、知っている人が居て不思議でない。そこを通用させて渡り歩いているのだから、一種の芸があるのか、よほどのそっくりさんなのか。

こんな奇っ怪な男のそっくりさんなんて一度会ってみたいようなものだが、最近はその情報もきかなくなった。

新宿のママたち

先日、胆石を手術された安岡章太郎さんのところにお見舞いに伺った帰りに、同行の若い編集者S君と、

「ちょいと、新宿にでも呑みに行ってみようか」

ということになった。なにしろ安岡さんが、もう十日もすれば退院という元気な病人だったから、こちらも気分に翳《かげ》りがない。

年のせいか出不精になって新宿の各バーもごぶさたしている。ごぶさたは新宿に限らないが、ひょいとその気になったのは、シィちゃんが死んだ、という噂を耳にしたからである。

「シィちゃんて知ってるかね」

「さあ――」

S君は若いから知らないのも無理はない。

「なんてバーですか」

「――それが店の名が思い出せない。場所は知ってるんだがね。三十年ほど前はよく溜ってたんだけど」

「じゃ、そこへ行ってみますか」

「やってるかなァ。シィちゃんは子供も作らなかったし——」

そんな話をしているうちに、今夜はひとつ、古い店を歴訪してみようか、ということになった。戦後だけで四十年余、あっという間だったような気もするが、昔の彼は彼ならず、新宿もだいぶ変っている。

古い店といえば〝みち草〟だ。敗戦後高円寺から新宿のハモニカ横丁に出て以来で、ママはもう八十歳をすぎているはずだが、西口に移った店の障子戸をあけるとカウンターの向うにちゃんと鎮座ましましている。

「やあ、元気だったね」

「元気だよ。まだ酒量もおちないよ」

お湯わりのウィスキーをグビリグビリ。

「でも、昔のお客さんが皆亡くなっちゃって淋しいわよ」

壁にかけた阿佐谷会の寄せ書を見ると、健在は井伏鱒二さんと河盛好蔵さんだけだ。それで自然に話が昔の思い出になる。

ハモニカ横丁というのは、新宿駅東口、今の高野の横のところに一列に並んでいた屋台群だ。一列だったのでその形態からハモニカという。まだ四方焼跡の時代で、当時ここが文士たちの溜り場だった。

「あんた、あの頃いくつだったの」

「俺は十七、八かな。ほんとのチンピラで、いつも隅で小さくなって呑んでた」

梅崎春生さん、伊藤整さん、檀一雄さん、藤原審爾さん、その他たくさんの作家や学者を遠目に眺めていた。

「それじゃ、あの頃から呑みとおしているのは、もうあんたぐらいよ」

といわれたが、そうかもしれない。なにしろ不良少年の出だからスタートが早い。その頃の店、ナルシスやノアノアや竜やみどりや、ちょっと離れたよしだや魔子などの話になる。

古いお方にはなつかしいだろうが、ノアノアや小茶は別場所で今もやっている。五十鈴もママは手押車だそうだが健在。魔子、よしだ、呉竹、お和、引退しても皆健在だ。女たちの方がやっぱり強い。

小茶や呉竹のママたちは、四十年もの間、ほとんど毎日、夜明け近くまでやっていた。

「無形文化財だね。どこかから勲章を貰ってもいい」

「思い出が勲章よ」

とママがシャレたことをいった。〝みち草〟の階上に〝火の粉〟がある。番衆町の〝風紋〟からわかれた店で、今の文学青年の溜り場だ。ちょっとのぞいてみたが、当夜は店の女の子のお別れパーティとかで、超満員。

ゴールデン街に出かけて、ここの名物バー〝まえだ〟。

そういえばここも、モッサンと共同でやっていた前の店からだから、一番古い客の一人ではあるまいか。

ママの孝女《たかじょ》（と私は呼ぶ）。昔、これも古い店の〝ボタンヌ〟のママが、私と孝女を夫婦にさせようとしたことがあった。ゴールデン街も、地あげ屋の暗躍で廃業した店が多く、昔の威勢がない。そのせいか孝女も気力がおとろえたように見える。彼女が酔って客に当り散らし、特にイチゲンの客を粗末にするのが私はどうも気になっていたが、おとなしくなると、どうも少し心配になって、またギャアギャアどなってくれと思う。

この界隈でも新藤涼子のトト（半村良がバーテンで居た）や坂本和子のモッサン（彼女病気の由）などなくなった店も多い。二丁目のカヌーも、風月堂も、キーヨもユニコンも、ゴードンもない。

近頃でいえば、元の未来、改名して茉莉花やアンダンテ、びいどろもやめた。

淋しいといえば淋しい。

まだ健在で、寄ってママの顔を見てみたい店もかなりあるが、ひと晩ではとても無理。

とりあえず〝風紋〟に行く。というのは、シィちゃんが昔、風紋が開店した頃手伝っていたことを思い出したからだ。彼女はたしか、昼の部の喫茶を担当していたと思う。

風紋は、一貫して出版人に根強い人気のある店で、特にカウンターだけの最初の店がよかった。ママの聖子ちゃんは、画家の林倭衛さんの娘で、母親とともに太宰治の小説のモデルにもなっている。

昔から風格のある美人だったが、今もって少しも老けない。私はここでもチンピラで正体不明の客で、店がハネたあと聖子ちゃんを誘い出して呑みに行くのに成功すると、ただもうわくわくしたものだ。

今それをいっても彼女は信用しない。一番つめたい客だったという。男の想いはこのように届かないことが多い。

この店は二十五周年とかで、先頃、常連たちの文集を出した。呑みながらパラパラとめくると、なつかしい人たちが、文を寄せている。終りの方にかつての店の女の子たちも書いている。名字は皆変ったが、名前の方を口の中で呟いてみると、昔の面影が浮かんでくる。

いい人だったイナバちゃん、矢野誠一夫人になったスズ子ちゃん、林静一夫人になったセッちゃん、ミズコちゃんもヒデコちゃんも客と結婚したらしい。

常連だったのに書いていない人も居る。矢牧一宏さん、伊夫伎さん、山田哲丸さん、皆亡くなってしまった。そうして、シィちゃんも書いてない。

「シィちゃんが死んだってね」

「そうよ。去年の十一月、急だったのよ」

そのとたんに店名を思い出した。〝びきたん〟だ。

やっぱりカウンターだけの店で、彼女が騒がしい人柄でなかったせいか、家庭的で静かな店だった。騒がしくはなかったけれど、常連たちがいつもガヤガヤと溜っていた。聖子ちゃんもそうだが、水商売が長いのに、卑しくならない。

数年前、日曜日の朝、新宿通りを歩いていたら、ポンと肩を叩かれて、山歩きに行くらしい恰好で、シィちゃんがキビキビと追い抜いていった。昔のままの若々しいシィちゃんだった。

その姿に自分の青春もダブらせて、盃をあげた。

えらい人えらくない人

誰それより誰それの方がえらい、といういいかたは、ほんのシャレであると思っていた。ところが案外に、世間ではマジないいかたで通用しているようだ。

「今日はえらい人がたくさん来ているなァ」

というときのえらい人というのは、社会的な地位が上であるというほどの意味で、べつにそれ以上の厳重な意味合いがあるわけではなかろう。

えらい人が通るからといって、昔のように、土下座して見送るわけではない。

えらい人が、えらくない人に向かって、おいこらッ、というような口のきき方をすることも、普通ではお目にかからない。

益荒雄より、千代の富士の方がえらいというい方はある。むしろ自然ないいかたであろう。お相撲さんには番付という共通分母がある。

中曽根首相は私よりえらい。このいいかたはどうであろうか。

総理大臣は、社会的にえらい人だ、このいいかたならば、まだ納得が行く。

けれども、私は政治家を志向したことがないし、中曽根さんは小説家を志向したことがないだろう。二人の間には計るべき共通分母がない。もちろん、私が中曽根さんよりえらいともいえない。

けれども案外に世間は、共通分母のないものを、簡単に比較する癖がある。

山下清という人が居て、兵隊の位でいうと、という彼のセリフが受けたことがある。あの人は兵隊の位でいうと、どのくらいか、と訊くのだ。えらさを計る物尺《ものさし》のない時代に、たくまずして痛烈ないいかたをするものだと感心したおぼえがある。

まだ戦争の思い出がなまなましい頃で兵隊の位というものが、ほとんどすべての男たちに共通の物尺であった時代が、すぐ昨日までだった。そうして、兵隊の位でいえば、上等兵とか、軍曹とかいういいかたが、彼我の差を誰にもわかりやすくさせた。

今、そういういいかたはない。ソバを何十杯食えるとか、百メートル何秒で走れるとかいうのは全体の尺度にはならない。

にもかかわらず、誰それより誰それの方がえらい、という口調がまだはびこっているようだ。

口に出さないまでも、腹の中でたえず比較して判定をつけている気がする。

いったいどういう基準で、判定しているのだろうか。

財産の多寡。これはいかにも力がちがうように見えるし、実際にまたそういうこともありうる。肩書。これはどうだろうか。大学教授と銀行の頭取と、どちらがえらいか。風采。生活の内容が外見に出るということはある。しかし、毎日の新聞を見ると特に都会では、風采だけでは信用を得にくい社会になっていることがよくわかる。

私のような戦争育ちの者は、権威がくるくると変り、飾られた物が画餅に帰するところをちょこちょこ見ているので、財産も肩書も風采も、不変のものには思えない。

比較根性は下司のやること、という言葉がある。もし本当に比較をする気なら、その人を神さまと比較しなければ、その人に対して失礼なことになる。たかが人間同士を比較して、位をつけてみてもたかが知れている。

けれども、日本には、たとえばキリスト教文化圏のように、比較の対象にすべき神さまが手近なところに居ない。それが困る。

つい、その場で、印象を主にどちらが上か定める。これが往々にして当てにならぬことが多い。リーチ、と声をかけられてから、その人の捨牌を見て考えこむようなもので、ピンズをたくさん捨てているから、ピンズ待ちは無いと思うと、ふりこんでしまったりする。

私は、どちらがえらいかなんてことをあんまり気にしない方がいいと思うんだな。どうせ我々には、確かな答がつかみづらいのだから。

自分と、他の人を比較する癖をやめることだ。

自分は自分、他人は他人。

それじゃ社会生活ができない、というかもしれないが、そんなもんでもないよ。第一、正確な基準なんてないのだ。えらいってのはどういうことだか、それもよくわからない。

そうすると、少し気分が楽になってきませんか。

もしどうしても比較しなきゃおさまらないというなら、皆、自分をゼロにしてしまえばいいのだ。ゼロ同士なら、それが共通分母になる。その上で、あの子は開成高校に受かったから、末は東大、大蔵省かもしれない（そう決まっているわけでもないのだが）とか、偏差値がどうとかいって一喜一憂すればいい。世間の仕組を一〇〇に見立てて、自分をゼロにすれば、相撲の番付のようなもので、答は確かに出る。

お母さん方、息子をえらい子にしようというのは、ほとんどの場合、そういうことに等しいのですぞ。

先日遊びに来たある芸人さんが、

「Xさんね（高名な芸人だ）、強姦の名人で、もう五十人以上やってるそうですよ。あの人に強姦されても、文句をいう女がいない。えらい人ですねぇ」

といった。えらいというのは、たかだかそのくらいの意味に使っておけばいいのだ。

だって、当今のお母さん、息子を、社会のために命をなげうってつくす、ような人にさせようと思ってないだろう。たかだか中流の上で安定させようとして鞭打っているのだろう。そういうのはえらくなるってことじゃない。

この前、老いた大工の棟梁がこんなことをいっていた。

「むずかしい世の中になったねぇ。昔はね、手に職つけるのが一番あぶなくない生き方だった。あたしなんか、親父から大工の腕を仕込まれて、それでずっとやってきたんでさァ。ところが当節はね、世間の変り方が烈しいからね。あたし等の世界だってみんな綜合的になっちゃって、瓦屋だの建具屋だのって、困難になってますよ」

「そうだね、経師屋《きょうじ》さんなんかも、辛いとこだろうな」

「辛いどころか、これからやっていけねぇよ。この前新聞見てたら、寿司を握る機械ができたんだと。それじゃ小僧っ子の時分から修業した寿司屋の職人はどうなるんだい。手に職つけたってあぶなっかしくてね。そこへいくと学歴って奴はまだ信頼できる。うちなんかでも、息子は一応、大学は出しますよ。いざってときのレッテルになるから」

そうなのである。これはもっともな意見できいていても辛い。だから猫も杓子も学歴を得ようとする。ますます試験地獄になるわけである。

それをよせといえない。自分をゼロにして、とにかく世間の通行証を貰う。組織社会の兵隊になっていくわけだが、それ以外になんとする。これからの若い人が本当にかわいそうでならない。

〝仕事の鬼〟の弁

近頃私は、一、二の人から〝仕事の鬼〟と呼ばれている。広い世間で、一人二人の人がそういったからといって、なんということもないのだけれど、誰もいわないよりはいい。

連日連夜、机の前に坐って日を送っており、一歩も外に出ない。一作書きあげると、なにこの程度のものならまだ続けて二つ三つは書けるぞ、などとうそぶいたりする。仕事というものは、やってみると案外に、遊んでいるよりは楽だということを発見した。

まず第一に、まわりの者に誤解されることがない。女房は、自分のために寝ずに働いてくれると思っている。実際は家族のためというより私自身のために働いているので、このへん誤解がなくもないが、こういう誤解はそっとしておくに限る。

なんとか女房にダイヤの指輪ぐらい買ってやりたいと思って、競輪に行ったりするのだけれど、こういうときは女房はそう思わない。また私も、志がくいちがって負けて帰ったりするので、指輪を買わないせいもあるけれども。

そこへいくと仕事は、指輪を買わなくても、女房はよろこんでいる。彼女にいわせると、亭主が働いているときに、自分だけのうのうと風呂に入ったり、寝たいだけ寝たりするのが実にいい気分だそうで、その気持はなんとなくわかる。

まず女房がよろこび、編集者がよろこぶ。私自身も、トイレの中なんかで、

「ああ、よく働いたな。この分だと、いい老後がすごせるかもしれないな」

なんて、しなびた自分の一物を眺めたりすることがある。

昔子供の頃、好きなことばかりやっていると、えらい人になれない。やりたくないことを我慢してやらなくちゃいけない。

なんて、お説教されたことをチラと思い出したりする。

してみると、いくら働きたくても、働いてばかりいたのでは駄目だぞ、と思ったりもする。

仕事がしたいときに、仕事ばっかりしているのは、わがままだッ、なんて。

今、遊びたくはないんだけれども、そういうわけにもいかないから、お義理に少し、遊ぼうかな。

今、階下で、四人ほど来客があって、私のこの仕事が終るのを待っている。ゴールデンウィークに、競輪旅行でもして羽根をのばそうか、というのである。

そんな閑があったら、次の長編にかかるための準備でもしたい。競輪なんて今興味がないのだけれど、交際というものがある。

昨夜、私も銓衡委員をしている新人賞の授賞式があり、後で受賞者をかこんで会食したが、その席上で受賞者が、

「――どうか気永に見守っていただきたい」

というようなことをいった。懸賞小説というものは、全力投球してしまっているので、第二作というやつが、むずかしい。かなり時間があればまたいい物が書けるとしても、中一日の投球では、どうしても味のうすい物になる。受賞作よりも面白い第二作が書ける人はめったに居ないし、居たらその人は大物である。

けれども、私はいった。

「大変だけれども、編集者はそんなに待ってくれませんよ。新人賞も多いから、すぐ忘れてしまう。そこが困るんだけれど、なんとかやっていかなくてはね」

脅かすなァ、と皆が笑った。

私も新人賞を貰った頃に、なかなか後続が書けなくて苦労したことがあった。だから、第二、第三作あたりに苦しむのはよくわかる。

受賞者が、なお、

「自分も回転があまり早くないので、じっくり型で、ぱっぱっとできないんです」

「ははァ、すると遅筆型か。それは心強い。でも原稿がおそいと五割は損ですよ」

私はそういいながら、にやついている自分に気がついた。原稿がおそい者にとって、同じタイプの書き手が増えるのは好ましいことだ。自分ばかりわるくいわれないだろうと思う。どんどんおそい人が増えれば、自分などは押し出されて、速いタイプの方に回るかもしれない。

私が直木賞を貰ったとき、原稿のおそい両横綱、井上ひさしと野坂昭如が、また仲間が一人増えたぞ、といって乾杯したという。

純文学の方では、田久保英夫と三浦哲郎が、なんといっても両横綱である。

田久保さんは、作品に手をつけるまでが時間がかかる。沈思黙考のまま日がすぎて、書き出しができるのが、校了日の翌日だったりする。そうして、手をつけてしまえば疾風迅雷かというと、やっぱり兎の糞のごとく、ぽつり、ぽつり、というペースであるらしい。

三浦哲郎さんのペースは、夜を徹して仕事をして、大体原稿用紙一枚ぐらいらしい。朝方、その一枚を貰っていったん帰社する編集者の心情は、察するにあまりがある。

私が今連載小説を書いている雑誌に、田久保英夫も連載を書いている。毎月、あっちは今、どのくらいだね、と田久保氏の様子を編集者に訊ねる。今、何枚まで入っている、と返事があって、こちらも一喜一憂したりする。田久保さんの方も同じらしい。

その雑誌に、三浦哲郎も近々、連載小説がはじまるという。実にどうも、心強い。反対に編集者たちは戦々兢々だ。

田久保さんも三浦さんも、ふだん会うと実にあたりがいい。原稿であんなに手古ずらせる人と思えない。

五木寛之もおそい。一見、速そうに見えるかもしれないけれど、田辺聖子もおそい。

田辺さんは関西在住だから、ファクシミリができる前は、編集者が出張して原稿をとりにいく。

電話で、その前に、たしかにできあがったときいて、とりにいくと、

「ごめん、どうもできがわるいので、書き直してるの」

だからいったんできた原稿は破いてしまった、という。そういう手古ずらせかたも田辺さんらしい。

そうかと思うと、速いタイプもある。亡くなった川上宗薫さんなどは、週刊誌の連載など、半分もいかないうちに、完結までの原稿が全部入ってしまう。雑誌の短編小説など、一カ月ぐらい前にできる。あんまり速いので、編集者が机の抽斗《ひきだし》にしまっておいて、紛失してしまったという話もある。

ご当人も、

「註文が減るとね、時間が余っちゃって酒を呑んじゃうんだ。アル中にならないためにも仕事しなくちゃ」

それで読切小説など、三十分くらいで書いてしまう。だからいくら流行作家でも、どうしても時間があまってしまうのだ。それで酒を昼間から呑んで、早死にしたような気もする。だから仕事好きもほどほどにすべきである。

そうだ、仕事をしすぎてはいけない。健康のためにも遊ぶべきだ。では、四人が階下で待っているので、遊びたくはないが、行ってきます——。

顔がおぼえられない

山藤米子企画の〝イッセイ尾形※の都市生活カタログ〟（新宿紀伊国屋ホール）は今年で四回目で、昨年は紀伊国屋演劇賞まで貰ったこともあって、ずいぶん各方面に知られているようだ。電話をくれた知人に、今夜はイッセイ尾形を観に行く、というと、ああ、例年の奴ですね、といわれる。

山藤米子さんというのは、山藤章二さんの夫人で、昨年病気で倒れた人だけに心配していたが、ホールの入口にお元気な顔があったので、やれやれ、よござんした。

私も覚えがあるが、病気で寝たりすると、なにか仕事をやりたくてしようがなくなるものである。ご亭主の山藤画伯はやや案じ顔だったが、仕事をしているという張りがお顔にあふれていて美しかった。

ところでイッセイ尾形、私は何年か前にジァンジァンで見て以来だったが、すっかり自信がみなぎっていて、一人芸というものを堪能させてくれた。

〝笑っていいとも〟のプロデューサー横沢彪さんの顔をみかけたので、休憩時間に、

「この手の芸をテレビのフレームの中で生かすのはむずかしいけど、面白そうですね」

「ウーン、私も前から大変注目してるんだけど、どうもこの、舞台の空間がねえ、テレビのフ

※イッセー尾形。1952-。

レームじゃ生かせないし」

「もちろんこのまま移しかえるのは無理だけど、料理人としては腕がムズムズするでしょう」

「そうですね、ただ、作者や演出家をつけても無駄のようだし」

「ええ、一人で完結してる芸だからね」

「どうやればいいか、まだわからないんですよ」

テレビの枠の中に入りにくい芸人が、ぽつりぽつり、その存在を主張しはじめている。イッセイ尾形、それからマルセ太郎、まだ他にもヨネヤマママコとか、丸山浩路とか、あの立川談志も存外にテレビの枠をはみ出している芸人ではあるまいか。そうして、これらの人が、それぞれのやりかたで現代を写し取っているので、逆にいうと、わずかこれだけの人たちしか、現代を反映させている芸人さんが居ない。とすると、これらの人々を観る機会のすくない地方の人々がお気の毒である。

いいや、他人事じゃないのである。私ども小説家も、多くは在来の概念の小説芸の中にとじこもっていて、当今の人々を描こうとしていない。いわば古典落語を遵奉している落語家のようなものだ。

イッセイ尾形のすごいところは、自分の視線で捕えた生まの物を、独特の鋳型に押しこんで芸に昇華させていることである。登場人物は一人だし、舞台は空間だけで道具も何もない。ところがそこに現代の卑小さや、メカニズムの圧力や、庶民の哀しさが現われてくるのだ。どうも、すごい物を見せてもらっちゃったなァ。

終って立ち上ると、桃井かおりさんが来ているのをみつける。彼女、一ケ月あまり、テレビの仕事でサハラ砂漠に行って来た由。翌晩のテレビでその番組を見たけれど、これも良かった。大きな砂漠はテレビの枠の中には入りきれないけれど、かおりさんが砂漠の中の点になっていて、砂漠が彼女の表情の中に見事にこめられている。

彼女はまた、人間そのものだ。女優さんではなくて、ただの、人間そのものの顔。

実は近頃、この桃井かおりという女優さんが好ましく見えて仕方がない。ところが、私は以前に彼女に大失敗をして、それ以来、どうも対応がぎくしゃくして変に縮こまってしまうのだ。

というのは某バーで、彼女のことが話題になったときに、

「桃井かおりってコは、どうも何度会っても明確に顔を覚えられないんだ」

と私がいったことがある。女優さんに対してこれ以上の失礼ないいかたはないわけで、そのとき彼女は同席していなかったが、どうも誰かから伝わっているらしい。

その後、また別のバーで出会った。そのとき、松田優作の会の流れかなにかで彼女はカウンターの中に入って仲間に酒をついだりしていた。

「あたし、知ってる?」

と彼女が私の前にグラスをおきながらいった。

「知ってるよ。何度も会ってるじゃないか」

彼女はにこッとして、

「ウン、じゃ、吞も」

私は内心うろたえた。こりゃ俺の発言がどっかから伝わってるな。けれども彼女は少しも不快な表情を見せていなかったし、私も弁解するのは嫌なので、そのまま別の話をした。

で、ここで弁解しちまうが、私は当今の映画を何も見ないけれど、大分以前に畏友藤田敏八監督の「エロスは甘き香り」とかいうのを見ていて、彼女の印象は頭に残っていた。それはまだうんと若かった頃の彼女で、その後の作品は見ていないけれど、友人たちと一緒のときに偶会する折りが何度かあり、そのたびに私には桃井かおりという女優さんが、昔とかなりちがった印象を受けた。それはつまり、一言でいえば、人間らしい顔立ちとでもいうか、あ、これが人間の顔だ、という感じになっていて、それで彼女独自の個性よりも、そういう大きな印象の方が先立つようになった。

顔がおぼえられない、という私のセリフは拙劣だったが、実はそういう意味がこめられていたのだが、照れくさくなってはぶいてしまったのだ。

それはともかく、彼女はどこかで偶会するたびに、人混みの中で親しみのこもった笑顔を向けてくれる。すると私は私にでなく、私の後方の誰かに笑顔を送っているのではないかと思って逡巡してしまう。私などに彼女が好意的な笑顔をくれるはずがないではないか、と思ったりしてしまう。

当夜も彼女がまぶしい笑顔を向けてくれて、へどもどしているうちに客も散り残ってるのは山藤夫妻と顔を落したイッセイ夫妻くらいなものになってしまった。

桃井さんはサハラの番組の監督さんと一緒にどこかへ呑みにいったらしい。

「貴方の素顔というものを、ぼくはなかなか覚えられそうもないな。舞台であんまりいろんな人物に変るものだから」

と私は、イッセイさんにいった。

「あんまり特徴のない顔なんだな。こういう芸をするために天が授けてくれた顔なのかな」

と山藤画伯もいう。

「ええ、しかしそれ以上に、自分の顔をなくしてしまうかのような虚を造る、そこがすごいですねえ」

いいながら、チラと似たようなことをいってる、と思う。似ているが、内容は少しちがうので、桃井かおりさんの場合は、突き抜けて優しい顔になっている。イッセイ尾形氏の場合は、透明で怖い、とでもいうか。しかし素顔の天才は、意外に小柄で幼ない顔だちだった。

帝銀事件の思い出

いい気候なのでぶらぶらと家のまわりを散歩してみる。今年はどうしてか仕事が小忙がしいうえに、体力気分がおとろえて時間がかかるので、なかなか散歩をする余裕もない。

駅前の家電屋さんの前に数人の若者がたたずんで、大型のテレビの画面を眺めている。さては、本物の大リーガーといわれるホーナーの出ている試合か。家電屋の前に人がたかるなどは、およそ三十年ぶりぐらいの風景だな。それにしてもプロ野球はナイターではなかったか、とこちらものぞきこむと、意外や、帝銀事件の平沢の葬儀が写っている。

平沢もよくがんばったな、と思う。九十五歳。誰かがチラと書いていたけれども、真犯人だったら、心理的負担やらなにやらで、あんなに長生きはできないのではないか。

新聞を呼んでも各人各説だし、私は専門家でないし、専門に調べたわけでもないから、たしかなことは何もいえない。ただ、当今の裁判だったら、疑わしきは罰せずの白になっていただろう。なぜかこの裁判に関しては、裁判所の方も意地になってしまった気配が見える。

殺傷した人数が多いわりに、奪った金額がすくなく、どこにも同情の余地のない犯罪で、だから四十年たってもまだ印象がうすれない。

十六万数千円というと、三十倍として当今の五百万円ぐらいか。今になると不思議だが、あの銀行にはたったそれだけしか現金がなかったのだろうか。他にもあったにもかかわらず、それだけ奪っただけで逃走したとすると、金欲しさというより、変質者の犯行の感じがする。

私なども不良少年の頃で、思い出してみると、昭和二十二、三年なんてのは、なにひとつ信用できない時代だった。かりに私が銀行強盗を計画したとしても、銀行だからといって盲信しない。あの銀行にはたして、現金があるだろうか、と疑ってかかったと思う。

そういえば、なんとなく奇妙な話があるのだけれど、今日まで私はほとんど口外したことがない。もう時効だろうし、ご本人も亡くなっているだろうから、この機会に一応活字にしておく。

平沢が捕まって自白をした後、数年たっていたと思うが、その頃私は小出版社でマイナーな娯楽雑誌を編集していた。その社に出入りするライターに、Oさんという（Oさんはペンネームで、本名は別だったのだが、今その本名を思い出せない）外国犯罪実話を書く人が居た。五十代後半、うっかりすると六十に手が届くかな、という年輩で、痩せているが長身で、姿勢がいい。その人が小腰をかがめて編集室に入ってくる。

「Oでございます。今日《こんち》、ご注文は」

編集長が、

「あゝOさん。そうですなァ、うんとスリリングな、血みどろ——」

「血みどろ、よろしゅうございます。血みどろォと、あ、パリにね、三人姉妹をすっ裸にして」

「なるほど、三人姉妹ね」

「これが貴方、次々に、ウヒャヒャヒャ」

「淫乱なのもいいなァ。他にありませんか」

「大ありなんでござんす。大淫乱がね、ハンガリーはブダペストで――」

金壺眼《かなつぼまなこ》で、笑うと出ッ歯が飛び出すのだけれど、眼は全然笑っていない。そうして、

「それじゃ、パリのとハンガリーのとをまぜこぜにしてやってまいりましょう」

てなことをいって帰っていく。来週あたりになると、三人姉妹が大淫乱で、というような話ができあがってくる。

下手糞で、話のつじつまも合わないような原稿だけれど、そのかわり派手で、キャッチフレーズには困らない。そうしてどんな註文をしても、たちどころにオーケーする。

「大量殺人なんかどうでしょう」

「ちょうどよかった。先月ね、ロンドンで三十六人殺しがありました。いっぺんに竈《かまど》でむし焼きにするという――」

「本当ですか」

「いィえェ、嘘なんです」

と、こういうところがユニークだ。

妻君が元看護婦で米軍の病院に勤めていた関係で、アメリカの雑誌がたくさん手に入る。向

うにもインチキ実話誌がたくさんあって、それを妻君に読ませて、いいかげんなものを作るのだという。

「あたしなんか原稿は素人で、けっして作家なんてものじゃないんですから、どうぞいくらでも手を入れてください。話も変えちゃってけっこうなんですよ」

当時は、作家も画家も奇人変人が珍らしくなかった頃だけれど、Oさんはやっぱり我々の奇人番付に入っていた。

羽織袴で、神社のお札くばりみたいな恰好でやってきて、編集長の机のそばに行き、ウヒャー、という声を出しながら腰を折るようにおじぎしたりする。

「今日《こんち》は美しいヌードモデルをソーセージにして食べちゃったという、いやどうも、ウヒャヒャ、面白いものができまして――」

同僚のS君と私とが、かわるがわる原稿をとりに行ったりもする。Oさんは池袋の先の要町に住んでいて、その辺は空襲にも焼けなかったらしく、古くて陰気な家だった。

うすぐらい応接間に通されて、しばらく待っているとOさんが出てくる。編集長に対するような態度は、若い記者である私などには見せない。けれども、なんだかしかつめらしく形式ばっていて、妻君が茶を運んでくると、

「粗茶ですが、さァ、どうぞ――」

「いただきます――」

といってひと口呑んでいると、妻君がまた、菓子などを運んでくる。

「粗菓ですが――」

毎回、判で押したように定まっていて、また妻君という人が、能面のように無表情で、まったく口をきかない。ただ運んでくるだけ。

原稿はもうちゃんとできていて、しばらく世間話などするのであるが、しゃべりだすと、なかなか饒舌で、やっぱりどこか不思議な味わいの話をしてくれる。

第一に、経歴というものが、はっきりしない。ご本人の話が波瀾万丈で、あらゆることをやっているように見えるが、結局何をしてきた人だかわからない。

原稿を書いて売るようになったのも、戦後、偶然のことからで、

「愚妻が持ってくる雑誌を眺めているうちにな、あ、そうだ、これを日本語にして売ればいいと思って」

「まァ、翻訳ですね」

「なに、貴方、英語なんかチンプンカンプンで、写真だの絵が面白そうだと、女房に読ませて、大体の筋をね、きくんですわ」

率直のような、でたらめのような、しかし独特の話術があって、面白いので、社に戻るとS君に、今日はこんなことをいってたよ、などと笑い合ったりしていた。それがある日を境に、笑ってもいられなくなった。――思わせぶりだが、紙数がつきてしまったので、今回に限り続きを

次回に記すことにする。

続帝銀事件の思い出

先週の続きになってしまうが、外国ダネインチキ犯罪実話専門のライターのOさんに、編集者だった頃の若い私が怪しい興味をおぼえだしたところまでで先週は終ってしまった。

その頃、いわゆるニューストーリィを各社の新聞記者に頼んでいたので、私も編集者として、古い新聞の縮刷版を読んで面白いテーマを探したりする。

ある日、帝銀事件の記事を拾い読みして、思わず眼が紙面に釘づけになってしまったことがあった。

容疑者の平沢が捕まって東京に送られて来、所轄の警察署で取調べを受けていたときだ。平沢はまだ自白をしておらず容疑を全面否定していた。

そのとき、その警察に一人の牧師が訪ねてきて、私は平沢の小学校の同級生だが、その縁もあり、この事件を憎んでもいるので、平沢と会ってよく話しこんで本当の心を訊いてみましょう、まことの犯人ならば自白をさせてみる、という。

警察はその牧師を留置場に通して会見させた。ところが平沢は、この人物に覚えがないという。同級生にも該当する者が居ない。

警察がその牧師をどう見たか、記事には記していないが、結局、なんの収穫もなくてひきとって貰った。しかも後日調べてみると、その人物は牧師でもなんでもないということがわかった。

記事にはその人物の名前と住所が出ている。それが、Oさんの本名だったのである。住所も同じだ。

私は昂奮した。Oさんはもちろん牧師ではない。同級生と名乗るくらいだから年恰好は同じだが、平沢は同級生ではないといっている。すると何のために、なぜ詐称までして留置場に会いに行ったのか。

平沢に自白をさせるため、と本人はいっている。けれども自白をさせられずに帰っていった。私はいそいでその後の記事に眼を通した。Oさんはその後、何にも行動をおこしていない。そうして警察も新聞も、不思議なOさんの行動を、忘れてしまったようだ。

しかし私は現実にOさんとかかわりがあるから忘れてしまうわけにはいかない。

留置場では人眼があるから何もできなかったが、もし署内の個室のようなところで会ったのなら、毒でも呑まして平沢が自殺したように見せかけることもできたかもしれない。死人に口なしで、それで平沢が真犯人だということが決定的になってしまう。そんな空想をしてから、いや待て、何の証拠もなし、変なことを考えるものじゃないぞ、不当に他人を傷つけることになる。

でも、Oさんに、なぜ牧師になって現われたのか、真意を訊いてみたら、なんと答えるだろう。ウヒャヒャ、と笑うだけだろうか。

私は同僚のS君にだけ、その新聞記事を見せた。S君の眼鏡の中の眼が大きく見開かれた。

「どう思う――?」

「変だねぇ――」

が、それだけである。私たちは当分、二人の胸におさめて口外しないようにした。

その月、Oさんの所へ原稿を貰いに行くことになって、またドキッとした。偶然かどうか、Oさんの自宅は、事件のあった帝銀椎名町支店から歩いて十五分くらいの距離なのである。

あのうす気味わるい奥さんは、病院の看護婦あがりだといったが、すると毒薬も普通の人より手に入りやすいし、あつかう知識もあるのではないか。

どうも怖い。なんの証拠もないし、ただ偶然の寄せ集めからくる思いつきにすぎないが、そう思ってみるとOさんならあの犯罪もできそうだと思わせる奇怪さがある。

Oさんを訪ねていつもの応接間に通された。Oさんが出てきて、

「粗茶ですが――」

その日は昼時で、奥さんが真白い丼を一つ盆に乗せてきた。手製らしいちらし丼である。粗

餐ですが——、といったかどうか忘れた。

けれども私には、その白い丼や茶が、なにか毒入りのような気がして、なかなか喉を通らない。またその日に限ってOさんが、いつもに倍する不思議な話をする。一人息子が胃癌で入院しているという。

「あいつは悪い奴です」

とOさんは、つくづくたまらん、というふうに首を振りながらいった。

「家を飛び出しちまいやがって、親不孝ばかり。あげくに病気で、それが貴方、昨年の春から、もう一年がかり——」

「それはご心配ですね」

「なんの！　死にもしやがらない。死にぞこないで本当に困る。注射で殺せばよいのですが。——おい、粗茶をもう一杯持って来なさい」

すうッと奥さんが出てきて、別の白い茶碗を出して行く。

「なァに貴方、私はこれまでいろんなことをしてきましたからな。刑務所にも行ったです。経験だけなら、どんな作家にも負けません。ウヒャヒャ、しかし私は作家ではありませんから、どうぞどんな注文でもなすってください」

そのいろんな経験を、楽しそうにぽつりぽつり話してくれた。皆、犯罪か詐欺か軍隊の話ばかりだった。新聞記事のことがなければ、またOさん流のひねった話し方をしていると、きき流せたのだが、その日はなんだか迫力があって、怖い。

牧師をしておられたことがあったのですか、とよっぽど訊こうとして、喉まで出かかったが、とうとう訊かなかった。そう訊いたとたんに、口じゅう出ッ歯にして笑っていたOさんが、深々《しんしん》と怖い顔になりそうで、訊けない。

その社をやめるまで、二、三回、その後も通ったが、とうとうそのことに話がおよばなかった。かりにおよんでも、牧師と偽って警察に行ったから、貴方が犯人でしょう、とはいえない。しかしOさんなら、そうして万一Oさんが真犯人なら、代りに捕まった無実の人の顔を見に行って、ウヒャウヒャ笑うくらいのことはしかねない。

金壺眼、出ッ歯、と記したが、しかしおどけていないときは別の陰気な表情があるような気がする。

私は今でも、単なる勘で、Oさんと犯人像をつなげている。単なる勘で、その他のどんな証拠もないし、事件の精密な図面も知らない。さらにOさんの過去を調べたこともない。だから他人に口外する根拠がない。で、ずっと今まで、自分の胸だけにおさめてきた。

平沢を救う会の中心人物だった森川哲郎さんとは、彼が娯楽誌に小説を書いていた頃、いささかの交際があり、その頃は平沢を救う会はやっていなかったが、父上が無実で獄死した由で、熱心さがわかるような気がしたが、彼にも話さなかった。いや、平沢のために奔走している人物だから、なおのこと無責任にいえない。平沢が亡くなった今、Oさんという奇怪な人物を久しぶりに思い出した。

若嶋津どうした

スポーツ新聞というのが、近頃はかなり面白い。昔のようにスポーツだけの新聞ではなくなってきた。おしまいの方に事件ダネのスペースが充分とってある。

つまり普通の新聞から小むずかしいところをすべて抜いてしまって、面白おかしいところだけをクローズアップしている。そうしてまた、理くつ抜きで楽しめるところを、小理くつを並べて格調をつけているようなところがある。あれを見ると、つくづく日本人というのは理くつ好きの民族だなと思う。

勝てば官軍、負ければ賊軍、まァそれは世の常で、読んでいる方にとってはいっそ面白い。けれども勝てば官軍のうえに、理くつがついている。

強いから横綱、というのはわかる。稽古熱心でまじめだから、というのがわからない。いかにも老人らしい好みだ。大体、白星黒星がはっきりと現われて行為が数字で量れるところが、スポーツの他のものにない魅力なのだ。そのスポーツの世界に、人間性などという千差万別であいまいなものを持ちこんだら、基準がむずかしくなりますぞ。横綱審議会なるもの、自分で自分の首を絞めて、審議ができなくなるにちがいない。

私が北勝海なら、稽古熱心でまじめだから、なんていう理由では、横綱になりたくない。せっかくのご推薦だが、そんな理由じゃご辞退します、といったらどうだろう。本人だけでなく周囲の利益もからんでいるから、ちょっといえないかな。

もっとも北勝海が、自分の身体の条件の中で最大限の相撲をとっているのはよくわかる。寸刻も休まずに攻める、突き押しまくる、それで大関横綱をかちとった。身体に恵まれないお相撲さんたちの発奮材料になるだろう。

けれども、人間性の悪い代表にされた形の双羽黒の方が、見物としては魅力的だなァ。今場所は成績がちがうが、長い眼でみると双羽黒の方が大きな成績を残すだろう。そこがスポーツの魅力であり、苛酷さでもある。

ところで、若嶋津はいったいどうしたのだろう。彼が強かった頃、やっぱり北勝海と同じように稽古の虫といわれ、南海の黒豹といわれた。今は鼻もひっかけられない。それは仕方がないが、どうも不思議でならない。

一昨年の九州場所だったたか、三勝十二敗というひどい成績で、大関は負けがこむと大概休むから、あんなに負けた大関というものを久しぶりで見た。大体、二子山部屋のお相撲さんは、どうも大成しない。少し前の二代目若乃花がそうだった。隆の里も人気があまり沸かなかった横綱だ（解説者になったら一転してキビキビしゃべり、眼から鼻に抜けるような融通性も持ち合わせているのがわかった）。私は二子山親方をあまり好きではないが、せっかくいい弟子に恵まれながらお気の毒だと思う。

若嶋津の第一の問題点は、左の下手にこだわることだ。これはもう諸家のお説のとおりである。今の大型力士の時代に下手からの技は、絶対に損だ。下の方の力士を見ていても、下手投げにこだわるタイプは上に行けないと思って眺めている。

私は素人だから、左腕が強い場合、下手でなく上手に持ちかえて取るのがそんなにむずかしいことだろうか、と思う。

下手でなく、立ち合い左上手をとって、それから右差しに行く手順が、取口をそう変えることがこんなにむずかしいとは思わなかった。

若嶋津はまず左を差すので、右の上手をどうしても相手にとられてしまう。それで引きつけられ、身体が小さいから大型の相手にはどうしても分がわるい。

千代の富士はまず左上手をとってひきつける。だから若嶋津はどうしてもこの横綱に勝てない。

それでも上がってきた頃は、機敏に先手先手と動いた。左下手投げばかりでなく、出し投げがあり、吊りがあり、なによりもまず相手がひと腰入れる前に、動いた。

今は、ほとんど動かない。上手をつかんだ相手が寄るのを、下手投げで防ぐ。これでは金城クラスの相撲だ。今の上位陣で、あの恰好だけでコンスタントな成績をあげるのは無理だ。

私は若嶋津を特に好きでないのだが、

「若嶋津、駄目ねえ——」

という一般人の声をきくたびに、なんだか彼に同情的な気分になる。左下手からの技にこだわって、それでも大関になれたのは類まれな地力だぞ、と思う。

横綱が三人、大関が五人、という現行の上位陣では、上位の誰かが負越しに終るだろう。若嶋津は下位の皆の十字砲火を浴びている。

結婚のせいでないし、年齢のせいでもない。稽古を怠けているわけでもないだろう。ただ取口が変らないだけで苦労している。そこが不思議だ。それとも、もう気力がおちてしまったのだろうか。

気力といえば、千代の富士もこの場所の後半は気力がおちた。大乃国に喫した一敗が、なんといってもショックだったと思う。弟弟子の優勝を援助できずに負けたという気分が、もう俺の時代じゃない、という気持を誘う。こういう人は一度自信が崩れると一気に衰えるかもしれない。もうこれまでにやるだけのことは全部やってしまっているのだから。

九重親方という人も運のいい人だな。この人は、遊び人で、銀座あたりでも本当にモテル。元横綱の誰よりもモテる。男前ということもあるけれど、なにか人をそらさないものを持っている。運だけではなくて、部屋が興隆するための力をどこか持っているようだ。

星の白黒がはっきりする勝負の世界は見ている方は面白いが、本人たちはいやだろうな。若嶋津は今、どんな気持だろう。事情さえ許せば、早くやめたくてしかたがないだろう。でももうすこしがんばって貰いたい。客は残酷だから、ヨレヨレになるまでの彼を見たい。

それはともかく、私の父親は、老いてからテレビの相撲見物だけを楽しみにしていた。亡くなるまで、毎場所、一日も欠かさず見ている。そうして、星取表をつけていた。

その星取表が独特で、白星と黒星だけでない。△や◎がある。！というびっくりマークや、？という記号もある。⁉もある。

それで場所が終ると、自分で新番付を作って、包紙の裏などに書きとめる。まったく自分の独自の判定で、それが何十年も続いていた。だから相撲協会の番付とはまるでちがう。

横綱だろうが大関だろうが、休むとどんどん下げてしまうから、柏戸が幕下も十何枚目に居たりする。

その柏戸が出場してきて優勝したりすると、

「ああ、あれは幕下優勝――」

なんていっている。協会の作る番付は見ようともしない。

近頃、父親の相撲の楽しみ方が、なんとなくわかるような気がしてきた。私ももう少しヒマができたら、自分の意見だけの番付を作って、ずうっとそれを信奉していたい。

馬鹿な英雄がんばれ

アメリカから来たホーナーという怪物がウケて、ヤクルトの試合は急にお客が増えたという。なるほどテレビのスポーツニュースでチラリと眺めても、無雑作に大きいのを打っている。もっともあれは打ったときしか写さないから、いかにも無雑作なようだが。やはり芸と力があるのだろう。

私はプロ野球を見つけないからよくわからないが、ファンはこの傾向をどう思っているのだろう。各チームとも争ってスカウトをアメリカに派遣して、円高を利し、すぐに使える大物をひっぱってきてしまう。もちろん成功するとは限らないが、ホーナー人気でこの傾向に拍車がかかりそうだ。

弱いチームを強くするには、苦労して選手を育てていくのが本来の方法で、そこにチーム造りの苦労もあり、ファンが感情移入して応援することにもなる。野球先進国で体力も勝っているアメリカがあるから、そこで完成品の大物を連れてきた方が手っとり早い。一から二、三と積みあげるようにしてチーム力を充実させていく努力などばかばかしい。

けれども、円高を利して外人を持ってくれば強くなるのなら、監督もコーチもいるものか。スカウトが野球をやっているみたいなことにならないか。

小錦のように下っ端から入門して、それで強く育ってきたのなら、外人だってかまわない。万年筆のキャップのようにただ上からさしこんだだけで、チームが強くなっても、なんだか味がうすいように思うがどうなのだろう。

大金持が居て大リーグをチームごとそっくり買って日本に持ってきたら、簡単に優勝しちまうということだってあり得る。それじゃなんだかつまらない。

外人はどうせ二、三年、いいときだけ使って、落ち目になったらまた新しいのを連れてきて使う。どうも考え方がイージイだ。それに人間を消耗品としてだけ考えるやり方も面白くない。もっとも資本主義社会というのは、そういうものだけどね。

昨日今日のスポーツ新聞を見るに、掛布が引退するといったり、二軍で調整するとか、だいぶ揺れているようだ。

掛布にとって今年は最低で、おまけにチームが泥沼なものだから、なにもかも目立ってしまう。またスポーツ新聞の記事というものが単純明快で、打てば官軍打たねば賊軍、来年、掛布が打ち出して、ホーナーがスランプになると、そっくりそのまま逆の見出しになるのだろうから、そういうところが野次馬には面白いけど、当の本人たちは辛かろう。

昔、明大出の清水という左投手がいて、大酒呑みだという噂だった。大酒呑んで二日酔いでふらふらしながら投げて、シャットアウトしたりする。本人も、酒の一升も呑まないと調子が出ない、などといったりする。

いかにも豪快で、プロらしい選手だというので人気があった。実際、身持ちを慎んで切磋琢磨する努力型よりも、呑む打つ買う、庶民のやれないような無茶をしながら能力を発揮するタイプが英雄らしいし、学校の成績がよくなかった我々には救いになる。

で、そのまま長続きすればよいのだけれど、清水も何年かするうちに肥り出してきて、球威も落ち、南海から中日に移籍してからはコントロールでごまかす投手になって、凋落《ちょうらく》が速かった。

それが困る。それでは〝ありときりぎりす〟の教訓そのもので、面白くもなんともない。

サンチェがキャンプにおくれてきたからといって、公式戦で成績があがっていれば、なんでもないどころか、超人だという拍手がくる。むしろ我々はそんなタイプを望んでいるのである。

そのくせ、成績がわるいと世間は酷薄で、鼻もひっかけない。球団もそうで、戦力にならないと見るや、すぐに道徳を持ち出す。

掛布が、シーズン前に酔っぱらい運転をした。彼にはそういう癖があるらしくて、酔余の運転はこれがはじめてではない。

するとオーナーがすぐにいった。

「掛布は馬鹿だ――」

たしかに利口ではないかもしれないが、私などはそういう選手こそヒーローになる資格があると思っている。一般の選手は、それでは成績がダウンする可能性があるから、規律を重んじて練習したり、生活を慎んで練習したりする。

皆がそれじゃァ面白くないね。プロスポーツは英雄にならなくちゃ意味があるまい。サボって遊んでばかりいて、それで一人前以上に打てる、かどうか、大物選手はもう一つ上の高級試験を受けるようなものだ。

それがむずかしければ、表面、遊んでばかりいて、極秘裡に練習をするのでもよい。腰痛なんていうのは古くなれば誰にもあることで、掛布はただ調整をサボっただけであろう。サボった以上、反省などしないで、無雑作にノホホンとしていればいい。それでいつかまた打ち出すかもしれない。二軍なんか行ったって意味はない。

英雄というものは太っ腹なものだ。大きなエラーだってする。それをなやんだりしては、ただの人であることを本人が告白しているようなものだ。

もし、そんな英雄になりたくないというのなら、サボらずに練習に明け暮れること。

「掛布は馬鹿だ――」

というオーナーの発言はそもそもまちがっている。プロスポーツは馬鹿な英雄こそ歓迎し、大金を投じてかかえるべきで、小利口な英雄なんていらない。

だからこんな場合には、

「うちの掛布は、このくらいのスランプで駄目になる奴じゃない。なぜならば、あいつは馬鹿だから――」

という具合の発言になるべきだ。

大体、そのへんの呼吸もわからぬオーナーなんて、小利口の標本みたいなもので、プロ野球のオーナーの資格がない。

「我が子と思って苦言を呈す――」

なにをいってるのだ。その程度の器量の小賢しい父親など、全然不用なのだ。

タイガースというチームは昔から、母体が貧弱なためか、器量が小さい。そのせいでいつもごたごたもめている。

来年、掛布はトレードに出されるかもしれない。これまでにも、何度もそういう例がある。英雄の遇し方を知らないチームだ。あるいは現実的な関西人の気質なのだろうか。

吉田という監督、選手時代と顔がちがってしまった。卑しい顔つきになった。これも大きな人間の使い方を知らない。また、本当に魅力のあるチームを造ろうとする気配もない。

本当に魅力のあるチームを造るには、卑しくては駄目だ。その時点だけの成績にこだわるなんて最低だ。

くりかえすようだが、プロスポーツは度はずれな人間が大事だ。優等生なんて脇役なのだ。

ドーナツ中毒

歯がわるくなって、食べ物に片寄りが生じる。煎餅やピーナツをパリパリポリポリやっていたのは、遙か以前の記憶になった。今だってたまに前歯ですこゥしずつ噛んだりしてみるが、ああいうものは歯のことなんか考えたりして食っても面白くない。

では入れ歯にしろ、とまわりがいう。わけあって、自然に一本もなくなるまでこのままで居ようと思う。わけあってというのは、歯医者に行くのが怖くて面倒くさいというだけの話だが、実際、明日死ぬかもしれぬ身だし、苦労してお獅子のような歯になって、とたんに死ぬようなことでもあれば、恨みが残って成仏できない。

私の父親が歯が一本もなくて、九十歳をすぎてもうまそうに大飯を食らっていた。肉とかソバとか、噛み切りにくいものは、鋏を使って適当に切る。口の中で味わった後、そのまま鵜呑みにしてしまう。

「俺は酉年だから、鵜呑みでちょうどいい」

といっていたが、そういうことをいえば私だって巳年だから、鵜呑みは得意のはずだ。

こうなるとありがたいのは穀類で、米飯、パン、ソバ類、いずれも歯なんぞとは関係なしにするする入っていく。米飯は昔から大好きだったが、焼き立てのパンのパリパリの耳のところなんぞは、歯も折れよと噛んでしまって飽きない。

本当に近頃はおかずというものが要らなくなった。まるっきり無しでよいわけでもないけれど、飯を食うのに忙殺されておかずの方まで箸がのびない。もしおかずが大量にあると、それに比例して飯の量が増えてしまうから、ちょッちょッとあれば、それも飯の味をそこねないものがよろしい。したがって外食というものに魅力を失った。

近頃、中毒してしまったのは、ドーナツである。つい半年ほど前までは、ドーナツ屋に蝟集する若者たちを見ると、近未来の生活の味気なさを眼のあたりにしたように思ったものだが、近頃は、食物というと、まずドーナツ型を思い浮かべるようになった。

食物とは、ドーナツのことである。

そういう実感がある。私もとうとう近未来型人間になったのか。

中毒のきっかけは、やっぱり食べよいということだった。仕事をしながら食べるのにふさわしい。鉄観音茶かアイスティでもあれば充分で、立ち動く必要もないし、銭もかからない。

毎朝、自転車で人通りのない道を散歩するが、その折りにどうしても寄ってしまう。拙宅のそばのミスタードーナツは何時でも開いているようで、私は夜明け方に腹がへる体質だから、まことに好都合だ。

但し、私の好むドーナツは、一種のみ。ココナッツと命名されている奴で、なぜか他のには手が出ない。

ココナッツというのはホームメイド式に固めに仕上げたのに、ココナッツの白い粉がまぶしてある。噛みつくと、むッと乳の匂いがして、黄色い地肌が現われる。私は牛乳が大嫌いなので、ここのところが説明困難だが、噛みついたときの乳の匂いが存外によろしい。さして甘くないし、油っぽくもない。

それにしても、一日必ず一個は食べずにいられないとはどうしたことだろうか。ココナッツ以外に中毒性の粉もまぶしてあるのかしら。

私が食品会社をやったら、きっとやりだして、違反ですぐに摘発されてしまうだろうな。食品を売る一番手っ取り早い方法は、中毒性のものを入れることだろう。麻薬じゃなくたって、中毒性のあるものはたくさんある。

まァそれはともかく、毎日食ってるくせに、ドーナツを食う夢まで見る。眼がさめると、机の横にドーナツの残りがあることを思い出して、やっ、と起きるという案配である。今の実感では、米飯もドーナツ型にして貰いたい。コロッケも然り、豆腐や玉葱も然り。その上からココナッツの粉をまぶす。するとドーナツ型の糞が出るか。

アメリカ映画を見ていると、ドーナツをコーヒーに浸して食べる場面によく出会う。私はまだやったことがない。コーヒーも近頃はめったに呑まないから。

コーヒーは遠去かっているが、私は強い薬を常用しているせいで、めったやたらに水を呑む。

鉄観音茶を冷やしておいて、夏冬かまわず間断なく呑んでいる。これもなにか、中毒性のものが入っているのじゃないかと思うくらい、無いと居られない。外出するときも、小型の瓶に入れて持ち歩く。考えてみると、日常飲食しているものはすべて中毒しているといっていい。

鉄観音中毒のせいかどうか、酒というものにあまり積極的な魅力を感じなくなった。これは歯のせいではない。たまに外に出て知合いのバーに入っても、ビールだの水割りだのより、ウーロン茶が欲しくなる。

清涼飲料水というものに、私は長いこと不満だった。冷たいのはいいが、どうしてどれもこれも甘ったるいのだろうか。あれでは呑めば呑むほど喉が乾く。甘くない清涼飲料水というとビールになってしまう。その不満をウーロン茶が満たしてくれた。近頃は自動販売機にもウーロン茶がおいてある。呑めば呑むほどまた呑みたくなる点は同じだが、癖もないし、これは将来世界を席捲する飲み物になると思う。

これから夏に向かって、黄色い西瓜という厄介なものが果実店に出廻ってくるのが怖い。私は毎年これに中毒して、切り身を毎日のように買ってくることになる。赤い西瓜もいいが、黄色いのを見かけると、どうも素通りできない。

いつも不思議に思うのは、色が変るだけで、なぜ味もちがうのだろうか。黄色い西瓜は、クリーム西瓜と称して売っている。なるほど、かぶりつくと、かすかにクリームソーダのような匂いと味がする。

そこがいいのだけれど、氷イチゴとか氷レモンとかは、人間が人口甘味料と香料を入れて作るので、イチゴが赤い色になり、レモンが黄色い色になるのは不思議でもなんでもない。

果実がそれにならって、赤いのが氷イチゴ風、黄色いのが氷レモン風になるというのが奇妙だ。

なんで、黄色はレモンの味、クリームの味と、西瓜が知っているのですか。

すると、これも氷イチゴ、氷レモンと同じく、人間が手を加えて、それなりの甘味料と香料を加えるのか。

そういえば、果実の味が、いったいに私の子供の頃とちがった。ミカンなど、とても甘い。けれどもガムシロップのような甘さで、酸味がすくなくなった。リンゴも人工的な味だ。ブドウもそうだ。

農園の人が注射器を持って、うろうろしている姿も想像できなくはない。

けれども黄色い西瓜は、子供の頃からクリームっぽい味だったように思う。なんだか不思議で、貴重な味だ。

怖い映画が現われた

奇妙な映画を観た。題名を〝ゆきゆきて、神軍〟という。独立プロダクションの作品で、封切り館も定まらぬまま試写会を続けていたようだが、最近やっと上映館が定まったらしいから、一見をおすすめしておく。なにしろ最近の映画にさっぱり興味のない私が〝奇妙な〟感銘を受けたのである。

もう大分以前のことになるが、正月の一般参賀で皇室にパチンコ玉をうって逮捕された人物が居た。名前を忘れてしまったのでかりにAとしよう。Aさんは刑期を終えたあと、どうやって生きてきたか。

戦争中の南の島で、日本軍が捕虜を使用して生体解剖をしたという噂がある。さらに戦後、同島でジャングルの中にひそんでいた間、衰弱死した戦友の人肉を食ったという噂も。

しかし日本軍はそれらの記録を燃やしてしまい、生存している当事者たちも口をつぐんで語ろうとしない。

Aさんはここに眼をつけて、被害者の遺族たちを動員し、加害者たちに真実を語ってもらうために歴訪しはじめた。

その記録を映画にしたのである。だからいうところの俳優は一人も出演していない。Aさんも、遺族たちも、また歴訪を受ける旧軍人たちも、すべて本人である。カメラがまた執拗にAさんたちの後を追って歩く。仕上るまでに何年もかかったそうである。まず、この点が異様に思える。

旧軍人たちは、平和な日本の中で一介の庶民として、目立たずに暮している。ある人は銀行の中堅幹部になっていたり、別のある人は中小企業の経営者になっていたりする。あれから四十年がたっており、戦争の影は彼等の表情から消えているように見える。未亡人たちを押したてて、Aさんが訪ねてくる。明らかに迷惑そうな彼等。言を左右にして、忘れたとか、いえないとかいいはる。Aさんは、これがまた執拗で、同じ人々のところに何度でもおしかけていく。

そのうちに、当時兵隊であった一人がうっかり、あれは上官の命令だった。自分たちは命令どおりにやったまでだ、という。その言葉を頼りに、再び上官たちのところを回る。渋い顔をしながら、別室にAさんたちを招じ入れる旧上官。現在の同僚たちの手前も、きかれてはまずい。

別室での果てしない押問答。

「これは監禁じゃないか」

「いや、監禁じゃない。私たちはただ紳士的に話し合っているだけです」

というAさん。

「なんだったら一一〇番してください。警察の人に、これが不法監禁かどうか、判断してもらいましょう」

Aさんはすぐに昂ぶる性質の人らしく言葉の勢いで、自分から一一〇番してしまい、監禁をしているのではないと説明したりする。

「とにかく、事実を正直に話してくださるだけでいい。それでなければ被害者の霊が浮かばれない。貴方が人間らしい心を持っていたら、ありのままに話してください」

旧上官は沈黙したまま。

Aさんの感情が激して、旧上官を殴りつけたりする場面は迫力がある。観客である我々は、芝居を見ているのではなくて、これは実際の場面なのだと絶えず反芻している。

それにしても、よくこんな場面まで撮っているものだ。まさか、実際のシーンを再現してもらったのではないだろうから、Aさんたちと一緒に、カメラも現場を歩いているのだろう。

Aさんが感情的に激しすぎたりするものだから、はじめは行を共にしていた未亡人たちも、だんだん離れていく。

しかしAさんはひるまない。何度も何度も同じ人たちを訪問するのだ。

とうとう行を共にするのはAさんの夫人一人になってしまう。その夫人が病気に倒れて、亡くなってしまうまでを、映画は追っている。

原一男という監督が私財を投じて、何年もかけて完成したのだというが、見終って、映画もここまで来てしまったか、という感慨を持った。

私たちはテレビで、実際の現場を見ることに慣れてしまった。プロレスや野球の現場を見ることからはじまって、皇太子の成婚であり、浅間山荘事件だったりした。一口にいえば、映画は、テレビの現場主義に負けたといえよう。

負けた映画が、こういう形で巻き返そうとした、ということか。

けれども、単なる現場のスリルを超えた感銘がある。スポーツは、単にその場の勝ち負けで、どちらも本質的には傷つかない。犯罪現場は、警察力という一方の側からの描写だ。

この映画は、そういう表面的な現場だけでなく、そこを一皮剝いで、内心というものの現場までを写そうとしたもののようだ。

ぐんぐんひきこまれるけれども、見終った後の印象は、けっして味のいいものではない。どこかに自衛の心理が働く。自分がもし、四十年前の古創《ふるきず》を触られたら、それが劇映画のようにして大勢の眼にさらされてしまったら、と思ってしまう。

思えば、役者のやる劇は、楽しいものでありましたね。どんなドラマだって、観客の方までナイフや弾丸は飛んでこなかった。

昔、私どもは嘘の世界にひたるために映画館に出かけたのである。現実をいっとき忘れるために。

テレビというものも、大勢の視聴者はそんなつもりで観ていたはずだ。ところがテレビの持っている大きな機能である同時性、現場性がいやでも特徴になってくる。

そうして人々は、同時性、現場性の楽しみをおぼえてしまった。フォーカスやフライデーの現象も、これとほぼ似たようなものだ。

楽しみはそこで終らない。一度、味をおぼえたら、先へ先へとどまるところを知らなくなる。これでいい、という線がないのが、人間の性だ。

スポーツや、結婚離婚などの、他人事の現場をかいま見ているうちは、観客は無責任でおられた。自分が監督になったり、裁判官になったりしたつもりで観ていればいい。

そこでとどまらず、今度は視聴者自身の方に、返す刀で迫ってきたのである。もううかうかしてはいられない。いつ自分のそばにカメラが構えているかわからない。それも自分の内心のそばに。

自分が忘れかけた過去、自分が表面に出さないようにしている内心、そうしたものをお互いにのぞき合うことになる。それなら殺人鬼である必要もないし、有名人である必要もない。

映画がそこまで来た。これは意外に怖ろしい怪物の登場かもしれない。

〝ゆきゆきて、神軍〟この題名も暗示的でこの映画がどんな影響を与えていくか、こわごわ眺めている。

ババを握りしめないで

「どうも、何かありそうですね――」

とこの頃、ときおり街で行き合う人からいわれる。雑誌などで、ドシーンと何かが来そうだという記事にもお目にかかる。

「何かありそうというと、地震――?」

「かなんだかわからないけど、おったまげるようなことが」

と、なじみの寿司屋の勝ちゃんという十五歳の若い衆がいった。

「君がいうようじゃ、ほんとうに何かがくるかもしれないな」

以前、学者やジャーナリズムが目いっぱい騒ぎたてたことがあった。そのとき私は、皆が騒ぎたてるようなときは来ないさ、と思っていた。災害に本命レースはすくない。

泰山鳴動して鼠一匹も出ず。それじゃみっともないと思ったのか、最近は予想屋みたいな存在があまり出てこない。インテリも、奇妙に黙っている。ちょっと不安そうなのは、街の中のひと握りの人たちである。

実をいうと、私も、そろそろ機が熟してきたのかもしれないな、と思っている。

私は易者じゃないし、超能力もない。そういうことにほとんど興味がない。だから一人で呟いてみるだけで、誰もきいてくれなくたっていい。それに私自身が、だからといって防備態勢を作っているわけでもない。

その一方で、故意にそういう顔をしているのかどうか、なんだか有頂天になっているように、楽天的な人たちも居る。

特に政治家。

必死になって政権を奪い合っているようだが、ドシーンと来たらどうするつもりなんだろう。不時のことに直面してうまく対応できる能力など人間にないといえばそれまでだが、そういう不安すら忘れてしまっているように見えるが如何なものか。ただでさえ政策も見識もない人物が、大事に対応できるとはとても思えない。

私には、今の政権争いは、勝負弱いばくち好きが、わざわざ悪いフダを引き当てようと騒いでいるように見えてしかたがない。

弱い奴が総理になるなんていうのは、大変おそろしいことだ。そいつが総理になったとたんに、すべてがツカなくなってしまって、国民はもちろん、彼自身も大苦しみの末に斃《たお》れるなんということにならなければいい。

ドシーン、は天災とは限らない。

今、土地関係の人の金銭に対する概念と、一般の庶民のそれとは、完全に大差になってしまった。不動産関係の人たちのマージャンは、千点十万円だという。さすがの暗黒街も、彼等と同

―レートではマージャンもできない。

こんなことは異常中の異常で、物の値打ちが実質的にハネあがっているわけではない。すべては思惑だけで、つまり、ババ抜きをやっているようなものだ。大方の勝負師はカードをやったりとったりしていって、途中でアガっていくが、最後にババを持ってしまう人がどうしても出てくるのである。トランプのババ抜きとちがって、それは一人とは限らない。弱い者は皆、ババを握って置き去りにされるのだ。

ババ抜きゲームも、すでに山場をすぎた感じである。もうこれからは、表面には見えないが、ババをめぐっての熾烈な争いが残っているだけである。トランプとちがって、実世間は手順をふまないから、ある日突然、手の中のカードがババと化すのである。

土地だけじゃない。企業がそうだ。企業なんてものはまず第一にイメージ戦争なのだ。株価はイメージによる思惑にすぎない。ここでもババ抜きゲームがおこなわれている。

いつでもなかなか醒めている連中がいて、ババ抜きゲームを興趣ゆたかに盛大にさせ、自分たちはいつのまにかあがって、墓場を敗者たちに残していく。株では、今までいつも大衆がこの役割をさせられてきた。

比較的健康な時代は、物の値打ちと人々の概念が、わりにひっついているものだ。それがだんだん回転が速くなって、イメージ戦争になり、ヒステリー状態に達する。そこで神の摂理のように、ドシーン、が来て、スタートに戻る。

近頃、なんだか空を見上げることが多い。晴れた夕空が常より美しく見える。敗戦前後の空の美しさを、ふっと思い出す。

あの頃、ヤミ市で一緒にざわざわしていた連中と、私の発案で奇妙なゲームをした。一応、知名人で、この年末までに死ぬと思った者を予想する。三人連記制である。

銭を賭けたゲームだったが、私が小箱に封をして投票を預かり、年末が来た頃には投票者に姿を消している者が何人もあり、ゲーム不成立になったと思う。一人当てた者が二名ほど居たが、私は当らなかった。

けれども、私が予期したとおり、投票紙を開いてみると、東条英機とか、それに類する者をほとんどが記していた。私ははじめからそういう存在は記さなかった。そこが一種のトリックで、皆が記しそうな者を当てたって配当がすくなくてつまらない。これは穴を当てるに限るので、皆のイメージが偏りそうなときにやるゲームなのだ。

それもあるけれど、真の死者は（妙ないい方だが）いつも意外なところから出ると思っていた。世の中は、人間が簡単に考える意味などに合わせて運んでくれない。たとえば、老人も、この種のゲームでは、それほど率がよくないと思う。老人というものは、他人が常識的に死にそうだと思うほどに、死んでくれないものだ。

私がそのとき記した三人は、武運つたなく期限内に死ななかったが、我ながらわるい狙いではなかったと思う。誰を記したか記憶しているが、中にここには記せない人も居た。一人はスターリンだった。もうひとりは、やっと戦争が終ってこれから自分が活躍するときだ、と思っているような人を、あれこれ迷いながら考えた。たくさん居すぎて始末がわるい。迷ったあげく、その線でいうと常識的な人物を書いてしまった。徳田球一。

三十年代の後半にも、酔ったまぎれにそのゲームをやったことがある。このときは五人連記制で、私が一人で当てた。それは力道山で、たしか〆切ぎりぎりの暮れに亡くなったと思う。力道山には申しわけないが、会心の当りだった。

まァそんなことは自慢にもならないけれど、事象というものは、限りなくアンバランスであるように見えて、大きく見るとバランスが微妙にとれている、そのあたりを探ることにあるようだ。

天災であれ、経済変動であれ、どうやって身を処したらいいかわからないが、とにかく、私に投票させれば、今は防備の時、という方に賭けるだろう。

楽しいことは、もうしばらくの間は、売り切れだぞ、と思った方がいい。

もっともね、私などがいいだす前に、利口な人たちはちゃんとその用意をしているのだろうが。

氷を探して何百里

むし厚い京都の街で、氷いちごが食べたくなって、それらしい店のショーウィンドーをのぞくと、氷の上にアイスクリームや果物の切れはしや白玉などがでこでこに飾ってあるのばかりだ。

「こういうのいらん。もっとシンプルなのがいいな」

というと、連れの川上宗薫未亡人も、

「そう。アイスクリームなんて今食べたくない。あたしが食べたいのは、昔あった氷水《こおりすい》」

「いいね、氷水。俺も食べたい」

川上未亡人は私と歩くと親子にまちがわれる。若い未亡人だが、氷水を知っているというのが嬉しい。氷水とは、色のついていないガムシロップに氷をかけたもので、シンプル中のシンプルだ。

ところが錦小路から京極の方まで歩いても、全部デコデコの氷ばかり。

「いいんだよ。当世の若い人たちの好みなんだろうから。でも、一軒ぐらい、昔のままのをやってる店があってもよさそうなもんだな」

私たちは意地になって、新京極から四条通り、木屋町の方まで歩いたが、みつからない。私ももにこだわるたちだが、川上未亡人も相当に意地張りで、みつかるまで、どこまでも歩くという。

すでに喉はからからで、汗も出つくしてしまっている。

「デコデコしないと値段を高く売れないいんだな」

「でも若い人たちはかわいそうねえ。昔のような氷が食べられないなんて」

「でも若い人たちは、アメリカ資本の店でフラッペ風な飲み物に群がってるんだろう。氷なんてどうせ時代おくれなんだから、昔ふうにしておいてくれればいいのになァ」

私たちは砂漠でオアシスを求めるアラブ人のようになっていた。ソフトクリームや、アイスキャンデーや、デコデコ氷なら、数軒おきに店がある。けれども今さらそんな店に入れない。

不思議なもので、アイスクリームが今は仇敵のように見える。

「氷イチゴにね、ラムネをかけると、ピリッとしてうまいんだ」

「氷白玉というのもあったわね。白玉が食べたくなっちゃった」

「南国の街に行くとね、たとえば鹿児島とか、高知とか、氷屋のタネ物の種類がものすごく多いんだ。嬉しくて片っ端からそれを食いたくなる」

といっているうちに、ついに一軒みつけた。四条通りの高島屋の附近で、〝竜庵〟という地下の小綺麗な店。

身をのめらせて氷を食いたい衝動を押さえて、落ちつきはらってメニューを眺める。氷イチゴ、氷レモン、氷メロン、シンプルなのが並んでいて、氷金時、氷宇治金時なんてのもある。

氷金時は東京でいう氷あずきのことだ。

川上未亡人が突然いった。

「氷金時に白玉を入れてください」

「ああ、それじゃ俺も同じものを」

やがて運ばれてきたのは、氷の山の上にアイスクリームみたいに丸く固めたあずきと、白玉がデコデコに乗っている奴だった。

「なんだ、これならどこにでもあったな」

「あたしは下にあずきと白玉があって、それに氷がかかってるのを想像してたの」

食べ物のこだわりというのは不思議なもので、今の今までシンプルな氷に気持がとぐろを巻いていたのに、店に入って坐った一瞬、こういうことになる。

しかし氷のけずり方もうすくなめらかだし、甘みも適当でうまい。上か下かということもかきまぜてしまえば、同じともいえる。

「ええとね、氷イチゴをもう一つください」

といったら川上未亡人が、お、なかなかやるな、という顔をした。

「あたしね、子供の頃食べたアズキアイスというのを食べたい。京都にはあんまり無いみたいよ」

「俺はね、大阪にある〝北極〟というチェーンの、昔ふうのアイスキャンデーを歩きながらかじりたい」

といっていたら、本当にその晩、サントリーミステリー大賞の新鋭作家黒川博行さんの羽曳野の家に泊ってしまって、翌日黒川夫妻とも連れ立って、南の盛り場に行った。そうして〝北極〟の本店でまた氷を食べた。

「このお方はね――」と未亡人がいう。

「昨日、京都で氷のお代りをしたのよ」

「氷というのはね、いくら食べても喉の渇きがとまらないんだ。食べはじめるときりがない。やめられなくて昔苦しんだことがある」

「氷中毒というのがあるかしら」

「あるみたいだよ。知人の女性で、会ってる間じゅうカリカリといい音させて氷をかじってる人がいる」

ところで、川上未亡人のいうアズキアイスというものを、黒川夫妻は知らなかった。それはどういうものか、という質問を受ける。

「ミルクの代りにアズキが入っていて、うす赤く染まってる。アイスクリームのお赤飯みたいなもので、安いんだ」

「そう、入れ物に山てこに盛ってあって食べきれないほどあるような感じで、嬉しいの」

と説明しても、食べ物だけは食べてみないと要領をえない。〝北極〟のアイスキャンデーをしゃぶりながら、南の盛り場を歩いたが、ついに見かけず、新世界のジャンジャン横丁、あそこならばあるかもしれないということになった。

新世界は昔、私も馴染んでいたところで、それからも何年に一度くらいのわりで来ているけれど、変らないようで、どこか微妙に変っている。

アズキアイスは発見できなかったが、これも昔なつかしい串カツの店に入ってビールを呑む。猛烈に安い串カツとフライと土手焼きと、ひとつひとつに川上未亡人が感動の声をあげる。

「あたし、近くに住んでたら、毎日ここに来ちゃうわ」

大阪駅（梅田）の構内に立食いの串カツ屋があって、揚げたての肉だの野菜だののフライを、四角い箱に入ったソースにブシュッとつけて、食いだすとやっぱりきりがなくなって、腹一杯になるまで食ってしまう。ところが最近、この種の店は、ホルモンの土手焼きやタコ焼きの店に追われて、盛り場でもあまり見かけなくなっているようだ。

川上未亡人を感動させた六十円の串カツは、あれは何の肉かな、という話になった。

「犬、じゃないかな」

「いや、そこまではどうかな。馬、だろう」

「とにかく牛じゃないね」

「なんでもいいわよ。おいしければ」

川上未亡人は食い魔が昂じて、京都で官休庵流の懐石料理を習っている。月に一回、東京に来てヴェトナムの人にヴェトナム料理も習っている。一日じゅう、食べることを考えているというらやましい人で、けれどもアズキアイスやジャンジャン横丁の串カツは学校で伝授しないだろうから、永久に作るより食べる側に居るような気がする。

〔1986年8月〜1987年7月「アサヒ芸能」初出〕

P+D BOOKS ラインアップ

天使	遠藤周作	●ユーモアとペーソスに満ちた佳作短編集
白い手袋の秘密	瀬戸内晴美	●「女子大生・曲愛玲」を含むデビュー作品集
ゆきてかえらぬ	瀬戸内晴美	●5人の著名人を描いた樹玉の伝記文学集
耳学問・尋三の春	木山捷平	●ユーモアと詩情に満ちた佳品13篇を収録
青春放浪	檀一雄	●小説家になる前の青春自伝放浪記
イサムよりよろしく	井上ひさし	●戦時下の市井の人々の暮らしを日記風に綴る

P+D BOOKS ラインアップ

草を褥に 小説 牧野富太郎　大原富枝　●植物学者牧野富太郎と妻寿衛子の足跡を描く

激流（上下巻）　高見 順　●時代の激流にあえて身を投じた兄弟を描く

貝がらと海の音　庄野潤三　●金婚式間近の老夫婦の穏やかな日々を描く

せきれい　庄野潤三　●〝夫婦の晩年シリーズ〟第三弾作品

庭のつるばら　庄野潤三　●当たり前にある日常の情景を丁寧に描く

早春　庄野潤三　●静かな筆致で描かれる筆者の「神戸物語」

P+D BOOKS ラインアップ

（お断り）

本書は1987年に徳間書店より発刊された単行本を底本としております。あきらかに間違いと思われるものについては訂正いたしましたが、基本的には底本にしたがっております。また、一部の固有名詞や難読漢字には編集部で振り仮名を振っています。

本文中には私生児、ウエイトレス、売春婦、薄弱児、女主人公、両性者、フリークス、小人、小頭症などの見世物の人、ポン中、アル中、配達夫、未亡人、ヤー公、前科者、ヤーさん、按摩、浮浪者、おカマ、八百屋、トルコ、乞食、女学生、外人、看護婦などの言葉や人種・身分・職業・身体等に関する表現で、現在からみれば、不当、不適切と思われる箇所がありますが、著者に差別的意図のないこと、時代背景と作品価値とを鑑み、著者が故人でもあるため、原文のままにしております。

差別や侮蔑の助長、温存を意図するものでないことをご理解ください。

色川 武大（いろかわ たけひろ）
1929（昭和４）年３月28日―1989（平成元）年４月10日、享年60。東京都出身。1978年に『離婚』で第79回直木賞を受賞。代表作に『怪しい来客簿』、阿佐田哲也名義の『麻雀放浪記』など。

P+D BOOKS とは

P+D BOOKS（ピー プラス ディー ブックス）とは
P+Dとはペーパーバックとデジタルの略称です。
後世に受け継がれるべき名作でありながら、現在入手困難となっている作品を、
B6判ペーパーバック書籍と電子書籍を、同時かつ同価格で発売・発信する、
小学館のまったく新しいスタイルのブックレーベルです。

街は気まぐれ ヘソまがり

2023年12月19日　初版第1刷発行
2024年2月7日　第2刷発行

著者　色川武大
発行人　五十嵐佳世
発行所　株式会社　小学館
〒101-8001
東京都千代田区一ツ橋2-3-1
電話　編集　03-3230-9355
販売　03-5281-3555
印刷所　大日本印刷株式会社
製本所　大日本印刷株式会社
装丁　おおうちおさむ　山田彩純
（ナノナノグラフィックス）

ISBN978-4-09-352477-3

P+D BOOKS